임영기 장편소설

FUSION FANTASTIC STORY

갓 오 브 솔 저

GOD OF SOLDIER

갓오브솔저 2

임영기 장편소설

초판 1쇄 찍은 날 § 2017년 1월 23일
초판 1쇄 펴낸 날 § 2017년 1월 30일

지은이 § 임영기
펴낸이 § 서경석

편집책임 § 이지연

펴낸곳 § 도서출판 청어람
등록번호 § 제387-1999-000006호
등록일자 § 1999. 5. 31
어람번호 § 제1-2618호

주소 § 경기도 부천시 부일로 483번길 40 서경B/D 3F (우) 14640
전화 § 032-656-4452 팩스 § 032-656-4453
http://www.chungeoram.com
E-mail § chungeorambook@daum.net

ⓒ 임영기, 2017

ISBN 979-11-04-91181-1 04810
ISBN 979-11-04-91179-8 (세트)

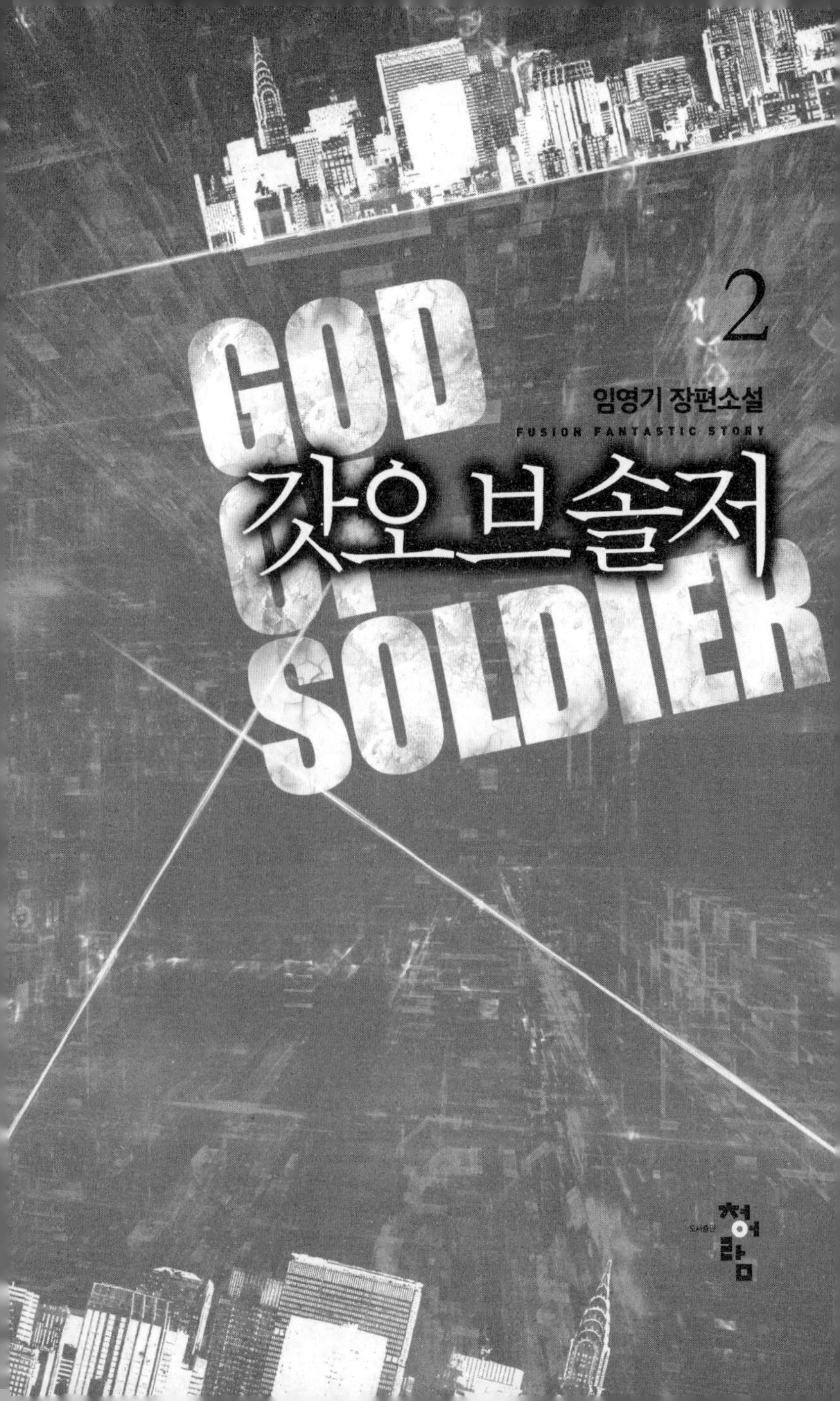
2
GOD OF SOLDIER
갓오브솔저
임영기 장편소설
FUSION FANTASTIC STORY
도서출판 청어람

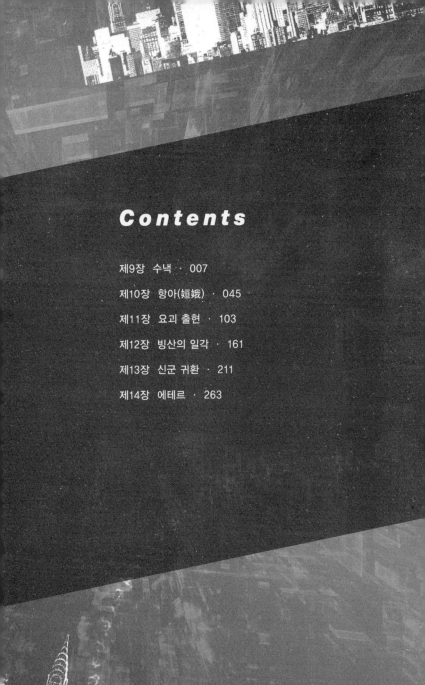

Contents

제9장 수낵 · 007

제10장 항아(姮娥) · 045

제11장 요괴 출현 · 103

제12장 빙산의 일각 · 161

제13장 신군 귀환 · 211

제14장 에테르 · 263

제9장
수낙

일단 운공조식의 결과가 괜찮은 편이다.

조금 복잡해지긴 했지만 어쨌든 성공했다.

강도는 운공조식을 한 차례 하고 나서 잠재되어 있던 무공이 되살아난 것을 깨달았다.

그렇지만 전부가 아니라 10%에 불과했다.

운공조식을 하는 과정에 정혈 한 병 300cc 마신 것을 다 끄집어내려고 했다가 죽을 뻔했다.

300cc의 정혈이 한꺼번에 단전으로 쏟아져 들어가다가 과부하가 걸린 것 같았다.

금방이라도 단전이 터지고 온몸이 갈가리 찢어지는 것 같아서 강도는 급히 정혈을 회수했다.

결론적으로 말하자면 그는 한 번의 운공조식으로 정혈 50cc만 처리했다.

마족이든지 인간이든지 정혈 1회 최대 주사량이 5cc라고 했는데 강도는 운공조식으로 10배를 처리한 것이다.

목소리뿐인 사부는 강도가 천 년에 한 명 나올까 말까한 굉장한 체질의 소유자라고 말했었다.

그런 체질을 갖고 있기 때문에 그를 과거 무림으로 소환한 것이고, 무공을 가르쳐서 천하 무림을 일통하도록 했다고도 말했다.

강도가 한 번에 50cc의 정혈을 처리할 수 있는 것은 어쩌면 그의 특수한 체질 덕분일 것이다.

아니면 그가 익힌 초절신강으로 운공조식을 했기 때문인지도 모른다.

어쨌든 그것으로 잠재된 무공 10%를 부활시킬 수 있었다.

아니, 좀 더 정확하게 말하자면 5%만 부활시켰다고 말할 수 있다.

왜냐하면 정혈 50cc를 처리하는 과정에서 그것이 강도의 공력으로 흡수돼 버린 것이다.

그러니까 정혈 50cc는 그의 공력 5%가 되었고, 잠재된 공력 5%를 부활시켜서 합 10%가 된 것이다.

그런 식으로 계산해서 그가 마신 정혈 300cc가 전부 공력으로 전환된다면 30%의 공력이 증진되는 것이다.

그 이후로도 여러 번 운공조식을 해보고 이것저것 여러 방법을 시도했지만 다 허사였다.

빙악의 말로는 5cc를 주사하면 한 달 후에 다시 주사를 할 수 있다고 했으니까 강도는 한 달 후를 기약하기로 했다.

일단 10%의 무공만 회복했다고 해도 무림에서 이류 정도의 능력을 발휘할 수 있다.

무림의 이류면 길을 가더라도 조심해야 하고 되도록 싸움에 휘말리지 말아야 한다.

그러나 현 세계에서 이 정도 능력을 발휘한다는 것은 단연코 군계일학이다.

말 그대로 다들 닭인데 강도 혼자 학인 것이다.

철컥!

강도는 49개와 절반짜리 정혈병을 책상 맨 아래 서랍에 넣고 자물쇠를 잠갔다.

그러고는 인중병원을 소탕할 때 갖고 온 귀매의 무기를 책상 위에 쏟았다.

철그렁…….

쓸모가 있을 것 같아서 가지고 왔는데 정말 쓸 데가 생겼다.

이류이기는 해도 이제 무공이 조금 회복됐으니까 무기가 필요한 것은 당연하다.

귀매 무기를 세어보니까 8개다. 그냥 부르기 쉽게 귀매비(鬼妹匕)라고 이름을 붙였다.

강도는 일단 두 개만 남겨두고 모두 서랍에 넣었다.

강도는 슈퍼에 가서 소주와 맥주 몇 병을 샀다.

저녁 식사를 하면서 가족끼리 술 한잔하려는 의도다.

생각해 보니까 그동안 사는 게 너무 팍팍해서 가족끼리 술을 마셔본 적이 한 번도 없었다.

아까 한아람이 저녁 준비를 하면서 닭볶음탕을 해놨다고 했으니까 그걸 안주 삼으면 될 것이다.

그는 짙은 선글라스를 썼지만 밤인 데도 전혀 어둡지 않았다.

무공 10%를 지니고 있기 때문이다.

"강도야!"

술이 든 비닐봉지를 들고 슬리퍼를 끌면서 아파트 단지 입구로 들어서는데 뒤에서 엄마 목소리가 들렸다.

퇴근 시간이라서 아파트 단지 입구로 들어오는 사람들이 많았는데 엄마의 '강도야!'라는 외침에 다들 깜짝 놀라서 강도와 엄마를 쳐다보았다.

어렸을 적에 강도는 사람들 있는 곳에서 엄마가 이름을 부르면 대답도 하지 않고 냅다 도망쳤었다.

하필이면 왜 강도라는 이름을 지어서 학교에서든 어디에서
든 사람을 창피하게 만드는 것인지, 이름을 지어주신 할아버
지와 그 이름을 받아온 부모를 원망했었다.

그렇지만 지금은 다 괜찮아졌다. 그깟 이름이 어떤들 무슨
상관이냐.

그 이름을 이처럼 따뜻하게 불러주는 엄마가 계시지 않은
가. 뭐, 그런 마음이다.

"강도야, 어디 갔다가 오니?"

"이제 오세요?"

강도는 기다렸다가 반갑게 엄마를 맞이했다.

"저녁 먹으면서 엄마하고 강주랑 술 한잔하려고 소주하고
맥주 좀 샀어요."

"그래?"

엄마는 눈을 동그랗게 뜨고 표정이 변하면서 예상했던 것
보다 더 크게 놀랐다.

"싫으세요?"

엄마는 두 손을 마구 저었다.

"아… 아냐, 싫기는……. 그냥 뜻밖이라서……."

강도는 엄마가 이렇게 놀랄 정도로 가족끼리 술을 마셔본
적이 없었다는 사실을 스스로 자책했다.

그러고 보니까 엄마는 입고 있는 옷도 허름했다.

강주가 입던 빛바랜 점퍼에 무릎이 나온 바지, 그리고 거기에 강주가 신다가 버린다고 내놓은 운동화를 신은 모습을 보고 강도는 새삼스레 가슴이 시렸다.

그래서 내일은 일찍 집에 와서 엄마와 강주를 데리고 백화점에 가서 쇼핑을 해야겠다고 마음먹었다.

"가방 이리 주세요."

강도가 뺏다시피 한 가방에서는 덜그럭거리는 소리가 났다.

엄마는 주름진 얼굴에 배시시 미소를 지었다.

"도시락이야. 그리고 책 몇 권 들었어."

엄마는 독서광이다.

"피곤하시죠?"

강도가 어깨를 감싸자 엄마는 환하게 미소 지었다.

"피곤하긴? 이렇게 든든한 아들하고 나란히 걸으니까 피곤이 싹 풀린다, 얘. 아하하하!"

별것 아닌 작은 것에도 이처럼 행복해하는 엄마인데 어째서 그걸 이제야 깨달았는지 모르겠다.

아니, 예전부터 알고 있었는데 그걸 행동으로 옮길 마음의 여유가 없었을 것이다.

"엄마, 업히세요."

"얘는 사람들 보는데……."

엄마는 소녀처럼 깜짝 놀라면서 부끄러워했다.

"뭐 어때요? 아들이 엄마 업는다는데 누가 뭐래요?"

그러면서도 강도가 앞에 웅크린 자세로 등을 내밀자 엄마는 조금 망설이다가 업혔다.

엄마는 강도가 예상했던 것 이상으로 가벼웠다.

"엄마, 키 몇이죠?"

엄마는 두 팔로 강도의 목을 안고 그의 등에 뺨을 묻은 채 행복한 표정을 지었다.

"글쎄… 나이가 들어서 작아졌을라나? 예전에는 162㎝였는데 지금은 모르겠어."

자세한 건 모르지만 여자, 더구나 중년이면 키 162㎝에 체중이 55㎏ 이상은 나가야 할 것이다.

그런데 강도가 업어본 엄마의 체중은 기껏해야 45㎏ 정도 나갈 것 같았다.

엄마 또래의 다른 중년 여자들은 다이어트를 하느라 별짓을 다한다.

그렇지만 엄마는 다이어트라는 걸 해본 적이 없는데도 이렇게 말랐다. 그것만 봐도 엄마가 얼마나 고생을 했는지 알 수 있다.

"엄마, 직장 그만두면 안 돼요?"

"왜?"

"이제 제가 돈 잘 버니까 엄마는 쉬세요."

"너 복학 안 할 거니?"

"지금 다니는 직장이 괜찮아서 좀 더 생각해 볼게요."

엄마는 잠시 가만히 있다가 말했다.

"나는 지금 다니는 직장이 좋아. 첫째는 돈을 벌기 위해서지만, 그 직장에는 친구들이 많으니까 재미있어."

돈 때문이라면 직장을 그만두라고 하고 싶지만 친구들 때문이라면 강도로서도 할 말이 없다.

마침 강주도 와서 강도네 가족은 저녁 식사를 하면서 생애 최초로 가족끼리 술을 마셨다.

강도와 강주는 소맥을, 엄마는 맥주를 마셨다.

강주는 돈이 없어서 친구들하고 어울리지도 못하고 술을 마시는 건 언감생심 꿈도 꾸지 못한다고 가끔 투덜거렸었다.

그렇다고 술을 못 마시는 게 아니다. 술은 좋아하지만 돈 때문에 극도로 자제하고 있다.

"강도야, 그 선글라스 좀 벗어라. 한밤중에 그것도 실내에서 그게 뭐니?"

내년 1학기 등록금을 보태준 약발이 떨어진 강주는 다시 강도의 이름을 마구 불러댔다.

"강주 너, 알바 그만둬라."

강도의 말에 강주가 마시던 술을 다 마시고 나서 눈을 크게 뜨며 쳐다보았다.

"왜?"

"공부에 전념해."

강주는 피식 웃었다.

"내년 1학기 등록금 보태준 건 고마운데 알바 그만두면 2학기 등록금은 어쩔 건데?"

강도는 엄마 잔에 맥주를 따르며 대답했다.

"내가 줄게."

강도는 미리 준비한 봉투 두 개를 꺼내서 먼저 엄마에게 내밀었다.

"이거 엄마 용돈 쓰세요."

엄마가 깜짝 놀라는 표정을 지을 때 강도는 강주 앞에도 봉투를 놓아주었다.

"너 용돈해라."

봉투를 열고 5만 원권 20장, 총 100만 원이 들어 있는 것을 확인한 엄마와 강주는 기절할 정도로 놀랐다.

"강도야……."

"오빠……."

두 사람은 너무 놀라서 말을 잇지 못했다.

강주는 용돈 100만 원에 오빠라는 호칭을 되찾았다.

강도는 거기에 대못까지 박았다.

"엄마랑 강주 내일 일찍 오세요. 백화점에 가서 쇼핑 좀 해야겠어요."

강도는 자기 방 책상 앞에 앉아서 노트북으로 인터넷 검색을 하고 있다.

필요할 것 같아서 아까 집에 오는 길에 한아람과 함께 마트에 들러서 노트북 두 대를 샀었다.

"뭐 해, 오빠?"

강도 등 뒤의 방문이 벌컥 열리면서 강주가 들어왔다.

용돈 하라고 준 100만 원 덕분에 강주는 엔도르핀이 급상승하여 기분이 매우 좋아보였다.

"야아! 오빠, 노트북 샀어?"

강도는 노트북을 닫고 책상 옆의 침대에 벌렁 누웠다.

"거기 네 것도 샀으니까 갖고 가라."

"어어……."

강주는 책상 아래에 포장도 뜯지 않은 노트북을 발견하고는 너무 놀라서 말을 하지 못했다.

그녀는 노트북 상자를 한동안 쳐다보더니 강도를 굽어보며 놀란 표정을 지우지 않고 물었다.

"나 정말 이제부터 알바 안 해도 되는 거야?"

"그래."

트레이닝복 바지에 브래지어를 하지 않은 얇은 티셔츠 차림의 강주는 몹시 감동한 표정이다.

"오빠, 나쁜 짓 하는 건 아니지?"

강도는 눈을 감았다.

"그런 거 안 하는 거 잘 알잖아."

"무슨 일을 하는데 돈을 막 팍팍 버는 거야?"

"지구를 구하고 있다."

"오빠!"

"윽!"

강주가 그대로 몸을 날려서 누워 있는 강도를 덮치는 바람에 그는 번쩍 눈을 뜨며 신음 소리를 냈다.

그녀는 강도 위에 엎드려 그를 꼭 끌어안고 바르르 몸을 떨면서 뺨을 비벼댔다.

"오빠, 사랑해……."

"야… 무겁다. 내려와."

강주는 두 손으로 강도 양 뺨을 잡고 진심 어린 표정으로 말했다.

"오빠, 나 공부 열심히 할게."

"아… 알았으니까 어서 내려와."

강도는 잠결에 뭔가 이상하다는 것을 느끼고 잠이 깼다.

그의 남자가 단단해지고 몹시 흥분이 됐다.

눈을 떴다.

캄캄하다.

누군가 강도를 꼭 끌어안고 있었다.

한 손으로는 이불을 젖히고 다른 손으로 불을 켰다.

탁!

"……."

그곳에 벌어진 광경을 보고 강도는 너무 놀라서 눈을 크게 뜨고 아무 말도 못했다.

강도 옆에 있는 사람은 강주다.

강주는 강도를 꼭 끌어안은 채 뜨거운 입김을 토하며 할딱거리고 있었다.

"너… 뭐 하는 거야?"

강도는 강주를 확 밀어버렸다.

침대 아래에 굴러 떨어진 강주는 벌떡 일어나더니 강도에게 다가왔다.

"강도야… 나… 죽을 것 같아……."

강도는 정신이 번쩍 들었다.

'이런, 젠장!'

강주가 수낵에 걸렸다.

아까 침대에 누워 있는 강도 위에 엎드려서 앞으로 공부 열심히 할 거라고 말하더니 그때 강도 눈을 1초 이상 주시한 것 같았다.

강도는 끙끙거리는 강주를 자신의 방에 혼자 놔두고 밖으로 나와 주방 식탁에 앉았다.

"강도냐?"

강도가 냉장고를 열고 맥주를 꺼내는 기척에 잠에서 깬 엄마가 눈을 비비며 주방으로 나왔다.

"무슨 일이니?"

강도는 선글라스를 끼지 않았기 때문에 엄마를 똑바로 쳐다보지 않았다.

"무슨 고민 있니?"

"들어가서 주무세요."

식탁 맞은편에 앉으려고 하는 엄마를 강도는 억지로 일으켜 세웠다.

"별일 아니에요."

엄마를 안방으로 들여놓는 동안에도 강도 방에서 강주가 끙끙거리는 신음 소리가 작게 흘러나왔다.

"강주, 어디 아프니?"

"자는데 제 침대에 기어 들어왔기에 뭐라고 그랬더니 울고 있는 거예요."

"아유… 어서 방 세 칸짜리로 이사를 가야 하는데……"

"주무세요."

탁……

강도는 안방 문을 닫고 다시 식탁에 와서 앉았다.

그때 강주가 얼굴이 벌개져서 땀을 뻘뻘 흘리며 나오고 있는 걸 발견한 강도가 와락 인상을 쓰며 일어났다.

"어딜 나와?"

그는 최대한 목소리를 낮추고 강주를 밀고 들어가 침대에 눕히고 윽박질렀다.

"또 나오면 혼난다."

강주가 강도에게 매달리며 그의 허리를 안았다.

"강도야… 오빠… 나 죽을 거 같단 말이야……."

강도는 강주를 한 대 때리려다가 그냥 침대에 확 밀치고는 다시 주방으로 나왔다.

강주가 저러는 건 그녀 탓이 아니다.

'아… 정말 돌아버리겠네…….'

강도는 부어놓은 맥주는 마실 생각도 하지 않고 두 손으로 머리를 감싸 안았다.

강주가 수낵에 걸렸으니 24시간 안에 강도하고 섹스를 하지 못하면 미라가 돼서 죽고 말 것이다.

여동생하고 섹스를 하는 것이 근친상간이고, 인류를 저버리는 일이겠지만 그녀를 이대로 죽게 내버려 두는 것은 더 큰 죄악이다.

24시간이면 아직 시간이 있지만 강주를 저렇게 놔두면 엄마가 알게 될 것이다.

수낵에 걸리면 극도로 흥분해서 눈에 보이는 게 없으므로 강주는 엄마 앞에서도 강도한테 매달릴 게 분명하다.

만약 그 광경을 보면 엄마는 기절하고 말 거다.

강도는 거의 한 시간 동안 끙끙거리면서 궁리를 거듭하다가 거의 억지로 한 가지 방법을 찾아냈다.

그 방법이 될지 안 될지는 모르지만 지금으로선 그것밖에 없다.

강도는 방에 들어가서 급히 책상 맨 아래 칸의 자물쇠를 열고 반쯤 담긴 정혈병을 꺼내 인증병원에서 한 주먹 집어 온 주사기에 주입했다.

"오빠… 하아… 나 어떻게 좀 해주라… 나 죽어……."

침대에서 꿈틀거리고 있는 강주는 상태가 더 심각해져서 거의 이성을 잃었다.

강도는 강주에게 정혈 5cc를 주사할 생각이다.

아무리 생각해 봐도 그것밖에는 방법이 없을 것 같았다.

강주는 강도가 옆에 있는 데도, 그리고 불이 켜져 있든 말든 몸을 비비 꼬면서 헐떡거리고 있다.

푹…….

그녀는 강도가 주사기를 어깨에 찔러 정혈을 주입하는 데도 아픔을 느끼지 않았다.

주사를 놓은 강도는 강주 등 한가운데 명문혈에 손바닥을 밀착시키고 부드러운 진기를 주입했다.

방금 전에 주사한 정혈이 그가 주입한 진기를 따라서 강주의 몸 전체로 빠르게 퍼져 나갔다.

그러는 동안에도 강주는 가만히 있지 않고 꿈틀거렸다.

'제발 돼라……!'

강도는 속으로 안타깝게 빌었다.

이게 먹히면 강주를 구하는 것은 물론이고 마사와 미지의 수낵을 해결할 수도 있다.

"아……."

그러다가 갑자기 강주가 나직한 한숨을 토하면서 동작을 뚝 멈췄다.

강도는 조심스럽게 강주를 침대에 눕히고 긴장한 표정으로 굽어보았다.

강주는 눈을 깜빡거리면서 강도를 쳐다보았다.

"강도야… 나 어떻게 된 거야?"

강도는 강주가 정상으로 돌아왔다고 판단했다.

"어쩌긴, 발정 난 한 마리 암캐였지."

"나 뭐에 씌웠었나 봐……."

강주가 부스스 일어나 앉았다.

수낵에 걸려서 이상한 행동을 했더라도 정신을 잃은 게 아니기 때문에 그녀는 자기가 한 행동을 또렷하게 기억하고 있었다.

"너 독한 데가 있구나?"

강주가 강도를 흘겼다.

"뭐가?"

"내가 그렇게 애걸복걸하는데도 해주지 않으니까 말이야."

꽁!

"아야!"

"너 그걸 말이라고 하는 거냐?"

강도는 주먹에 감정을 실어서 강주의 머리를 쥐어박았다.

강주가 안방으로 자러 간 후에도 강도는 자지 않고 골똘히 생각에 잠겼다.

수냑에 걸린 여자를 정혈로 치료하는 방법을 알아낸 것은 정말 큰 쾌거다.

그래서 내친김에 그의 눈에서 발산되는 카펨부아의 요기(妖氣) 즉, 수냑을 마음대로 조절하는 방법을 찾아보기로 마음먹었다.

기왕지사 내친걸음이다.

그리고 세상일이란 다 길이 있는 법이다.

들어가는 문이 있으면 나오는 문도 있는 거다. 그게 세상의 이치라는 걸 강도는 무림에 가 있는 동안 깨달았다.

다음 날.

강도는 여의도 스페셜술저로 출근하는 길에 도맹의 배불뚝이를 만났다.

배불뚝이를 만날 거라고는 예상하지 않았었는데 신길역 지하 통로에 서 있는 그가 강도를 먼저 발견했다.

"기다리고 있었네."

배불뚝이는 긴장한 얼굴이면서도 트레이드마크 같은 사람 좋은 미소를 잃지 않고 다가왔다.

"잠깐 얘기 좀 하세."

그는 강도의 대답도 듣지 않고 팔을 잡더니 지난번 찻집으로 이끌었다.

주문한 커피가 나오기도 전에 배불뚝이가 본론을 꺼냈다.

"사네, 불맹 졸구조장이라면서?"

"그렇습니다만."

"어제 분당 인중병원 귀부굴 소탕했다고?"

"그걸 어떻게 알았습니까?"

강도는 조금 놀라는 표정을 지었다.

"그런 건 비밀도 아냐."

배불뚝이는 입맛을 다셨다.

"불맹이 크게 한 건 했군. 인중병원 정도면 불맹 전체 매출의 5% 이상 차지할 거야."

그는 알 수 없는 얘길 했다.

"전체 매출이라뇨?"

커피가 나왔다.

"자네 아직 모르는 건가?"

배불뚝이는 의아한 표정을 지었다.

"뭘 말입니까?"

"도, 불, 범, 삼맹(三盟)이 국내 경제계의 내로라는 그룹이라는 거 말이야."

"무슨 그룹입니까?"

"그룹이 그룹이지, 뭐겠나?"

"오성그룹, 미래그룹, NG그룹 같은 거 말입니까?"

배불뚝이는 고개를 끄떡였다.

"그렇지. 불맹은 현재 재계 순위 14위일세."

"허어……."

"믿지 못하는 표정이로군?"

"솔직히 그렇습니다."

배불뚝이는 빙그레 미소 지었다.

"마계와 요계가 세계 경제계와 정계를 장악하려 한다는 건 알고 있나?"

"압니다."

"그럼 얘기가 쉽겠군."

배불뚝이는 잠시 뜸을 들이며 커피를 마셨다.

"자네 연화그룹이라고 들어봤나?"

"압니다."

배불뚝이가 빙긋 웃었다.

"그게 바로 불맹이 운영하고 있는 그룹일세."

"정말입니까?"

"정말이네."

"어떻게 된 겁니까?"

강도가 흥미를 갖고 궁금해하니까 배불뚝이는 느긋해졌
다.

"마계와 요계, 그리고 현 세계를 어지럽히고 있는 여타 세
력들을 몰아내기 위해서는 전투력이 필요하네. 그래서 도, 불,
범, 삼맹은 현 세계의 사람들을 무림으로 보내서 무공을 배우
게 했다가 다시 현 세계로 소환하여 전사로 쓰는 방법을 창안
해 냈네."

"그렇군요."

"도, 불, 범, 삼맹이 수천 명의 전사를 보유하고, 또 거기에
따른 시스템을 운영하려면 막대한 자금이 필요하게 됐지."

강도는 커피를 마실 생각도 하지 않았다.

"그래서 삼맹은 마계와 요계가 장악했던 기업들을 되찾는
과정에서 그것들을 자신들이 접수한 걸세. 그렇게 하면 자금
문제도 해결이 되지만 삼맹의 보호를 받는 기업들은 마계와
요계로부터 안전해지는 걸세."

"도맹과 범맹은 어떤 그룹입니까?"

"도맹은 황제그룹, 범맹은 천하그룹이네. 들어봤겠지?"

"그렇습니다."

황제그룹은 건설업과 석유 산업, 해운업이 주축인 재계 순
위 5위고, 천하그룹은 의약품, 호텔업에 뿌리를 둔 재계 순위

20위권 밖의 그룹이다.

"자네에 대해서 알아봤네."

커피를 다 마신 배불뚝이가 본론을 꺼냈다.

강도는 그가 자신에 대해서 뭘 알아냈는지 궁금했다.

어쩌면 강도 자신조차 모르고 있던 사실이 튀어나올 수도 있다.

"자넨 원래 범맹 사람이었더군."

"그렇습니까?"

배불뚝이는 씁쓸한 표정을 지었다.

"현공사숙의 제자라서 우리 도맹인 줄 알았는데 자네가 속가제자라서 범맹에서 손을 댔던 모양이야."

그저께 만났을 때 배불뚝이는 범맹을 쓰레기들의 모임이라고 폄하했었다.

"그렇다고 해도 자네가 꼭 범맹으로 가야 하는 건 아닐세. 어디를 선택하느냐는 건 전사의 자유니까."

배불뚝이가 자기네 도맹으로 오라고 강도를 회유할 줄 알았는데 그 다음에 나온 말은 전혀 뜻밖이다.

"자네… 혹시 인중병원에서 정혈을 봤나?"

"못 봤습니다."

"정혈이 뭔지는 알겠지?"

"압니다."

불맹에 정혈병을 단 한 개도 접수하지 않았는데 도맹의 배불뚝이에게 정혈을 봤다고 말할 수는 없다.

배불뚝이는 안경 너머 게으른 듯한 눈을 날카롭게 빛냈다.

"자네가 불맹에 정혈을 접수하지 않은 건 알고 있네. 그래도 혹시나 해서 말이야."

강도가 완고한 표정을 짓고 있는 걸 보고 배불뚝이는 그를 조금 흔들어보기로 작정했다.

"자네, 정혈로 뭘 하는지 알고 있나?"

"파는 거 아닙니까?"

"예전에 자금이 부족하던 시절에는 팔기도 했었는데 현재는 거의 전량 삼맹 자체 내에서 소화시키고 있네."

"그걸로 뭘 합니까?"

배불뚝이는 목소리를 한층 낮추었다.

"공력 증진일세."

"누구의 공력 증진입니까?"

"간부급들이지, 그게 전사들 차례까지 가겠나?"

어제 정혈로 5%의 공력을 회복한 적이 있는 강도는 넌지시 물어보았다.

"정혈로 어떻게 공력을 증진시킨다는 겁니까?"

"운공조식이지 뭐겠나?"

"네……."

"한 번에 5cc밖에 주사할 수 없는데 그걸로 0.2% 정도의 공력이 증진된다네."

강도는 50㏄의 정혈로 공력을 5% 증진시켰었다.

그런데 5㏄로 0.2%라면 50㏄면 공력을 2% 높일 수 있다는 것이다.

그렇다면 강도가 삼맹의 간부들보다 2.5배나 더 큰 효과를 봤다는 뜻이다.

더구나 그들은 한 번에 5㏄밖에 주사하지 못하니까 공력 2%를 높이려면 10개월이 필요하다.

"게다가 정혈을 주사하면 신체의 모든 기능이 상승하고 수명이 연장된다고 하니까 정말 굉장하지 않은가?"

"그렇군요."

배불뚝이는 강도를 빤히 주시했다.

강도는 지금 선글라스를 쓰고 있지 않았다.

어젯밤에 강주가 난리 부르스를 치고 나서 수맥을 해결하려고 궁리를 거듭하다가 드디어 성공시켰던 것이다.

방법은 의외로 간단했다.

공력으로 시신경 내에 잠복해 있는 수맥을 차단하면 되는 것이었다.

무지하게 골치 아픈 일도 알고 보면 해답은 간단한 곳에 있었다.

"그런데 자네……"

배불뚝이는 강도의 얼굴에서 시선을 떼지 않은 채 의미심장하게 말했다.

"지난번에 봤을 때보다 훨씬 잘생겨진 것 같군?"

강도는 얼굴을 쓰다듬었다.

"그렇습니까?"

그는 배불뚝이가 괜히 입에 발린 칭찬을 하는 거라고 생각했다.

"정혈을 주사하면 꼭 자네처럼 잘생겨진다네."

그 정도로는 강도를 당황시키지 못한다. 그저 조금 의외라는 느낌 정도다.

강도는 배불뚝이를 떠보기로 했다.

"그렇다면 정혈이 매우 귀하겠군요?"

"어디 귀하다 뿐인가?"

배불뚝이는 강도가 인중병원에서 정혈을 못 봤다고 하는 말을 믿지 못하는 것 같았다.

"인간처럼 살고 싶고 수명을 연장하고 싶은 마계나 요계도 정혈을 원하지, 공력 증진을 위해서 삼맹도 원하고 있네. 뿐만 아니라 일반 인간들도 정혈의 뛰어난 효과를 알고는 억만금을 주고서라도 사려고 한다네."

배불뚝이 입에서 강도가 원하는 정도가 실타래처럼 술술 풀려 나왔다.

"자네, 국내 1위 오성그룹 창업주 오병훈 알지?"

"압니다."

"그 사람 재산이 15조라고 하네. 그런데 재작년에 노환으로 죽었어."

배불뚝이는 쓸쓸한 미소를 지었다.

"재산이 15조면 뭐 하겠나? 그 돈을 다 주고서 생명을 단 하루도 연장할 수 없는데 말이야."

그건 그렇다. 생명이니 뭐니 하는 것은 인간이 아닌 신의 영역이다.

십억, 백억, 천억 다음이 조다. 15조 원이면 도대체 얼마나 되는지 강도로선 짐작도 가지 않는다.

"오병훈 회장이 정혈 5cc만 주사했다면 5년, 10cc면 10년은 더 살았을 거야."

강도는 궁금증이 하나 생겼다.

"사람에게서 정혈을 뽑으면 그 사람은 죽습니까?"

"죽지 않네. 좀 쇠약해지지만 반년쯤 요양하면 정상으로 돌아가네."

"그렇다면 인간들도 같은 인간의 정혈을 뽑아서 쓰면 될 것 아닙니까?"

배불뚝이 미소가 더 쓸쓸해졌다.

"그게 도무지 안 된다는 말이야."

얘기가 길어지다 보니까 강도는 출근 시간 9시를 넘겼지만 조바심 내지 않았다.

"왜 안 됩니까?"

"첫째, 인간은 정혈을 채취할 줄 모르네. 아니, 정혈이 뭔지 조차도 모르고 있네."

강도는 조금 어이없는 표정을 지었다.

"인간들이 정혈을 주사하면서도 그게 뭔지 모른다는 게 말이 됩니까?"

"그럼 정혈이 뭔지 자네가 설명해 보게."

"정혈이라는 것은……."

그런데 자신 있게 설명하려던 강도는 말문이 막혔다.

그는 무림에 가기 전에는 정혈이 무엇인지도 몰랐었다.

무학에서의 정혈은 '깨끗한 피'를 뜻한다. 운공조식을 해서 더럽고 탁해진 피를 깨끗하게 정혈로 만든다는 식으로 알고 있었다.

그렇지만 지금 말하고 있는 정혈은 그게 아닌 것 같다.

강도가 봤을 때 정혈은 옅은 우윳빛 연분홍색이었다. 피는 붉은색인데, 그가 인중병원에서 봤던 정혈은 피하고는 거리가 먼 색깔이었다.

얼핏 보면 꼭 요구르트 닮은 주스 같았다.

배불뚝이가 정리했다.

"정혈은 마족과 요족만이 채취할 수 있네. 특별한 추출 방법을 사용하는 것인지, 채취하는 과정에 뭔가를 첨가하는 것인지, 하여튼 마족과 요족의 손을 거치지 않으면 정혈이 완성되지 않네."

인간은 정혈을 채취할 수 없다는 사실이 맹점이다.

"물론 마족과 요족이 정혈을 채취하는 방법은 각각 다르지만 말이야."

배불뚝이는 고개를 끄떡이는 강도를 바라보면서 말을 이었다.

"그래서 정혈이 귀한 걸세. 인간이 마음대로 채취할 수 있는 거라면 똥값이겠지."

강도가 넌지시 물어보았다.

"정혈 가격이 얼마나 합니까?"

"1cc에 1억 원이네."

"네에?"

강도는 이번만큼은 놀라지 않을 수가 없었다.

인중병원 여비서는 원장실 금고에 들어 있던 정혈 한 병에 10억 원이라고 말했었다.

그리고 마사 연수도 그렇게 알고 있다.

배불뚝이 말이 사실이라면 인중병원의 마족이나 연수 등 즉, 불맹의 하급들은 누군가에게 속고 있다는 얘기다.

배불뚝이는 당연하다는 듯 말했다.

"1cc에 인간 수명이 1년 연장되는데 1억 원이면 싸지 않은가? 더구나 현재 정혈 가격이 하루가 다르게 가파른 상승세를 타고 있네."

강도는 집에 한 병에 300cc짜리 정혈 49병이 있다.

한 병에 300억 원이면 300x49니까…….

산수가 짧은 강도는 그걸 계산하느라 끙끙거렸다.

"오 마이 갓!"

그러고는 계산이 나오자 그의 입에서 저절로 탄성이 터져 나왔다.

1조 4천 7백억 원.

'돌겠다……!'

배불뚝이가 눈을 빛냈다.

"자네, 정혈이 있구만? 그렇지?"

강도는 뜻 모를 엷은 미소를 지었다.

"아저씨, 도맹에서의 지위가 뭡니까?"

"어… 풍조장(風組長)일세."

"풍조장이면……."

"삼맹의 전사들 계급은 똑같네. 자네보다 3단계 높은 풍당의 조장이지."

강도는 인사치례로 물었다.

"아저씨 성함은?"

"도호는 태궁(太穹)이고, 이름은 박하도일세."

"그럼 아저씨한테는 결정권 같은 게 없겠군요?"

강도가 찌르듯이 묻자 배불뚝이 태궁 박하도는 저도 모르게 찔끔했다.

"어… 없지."

"결정권자를 만나게 해주십시오."

배불뚝이의 얼굴이 굳어졌다.

"정혈, 얼마나 있나?"

강도는 미끼를 드리웠다.

"300cc 한 병 갖고 있습니다."

배불뚝이가 자기 무릎을 쳤다.

"빙고! 역시 내 짐작이 맞았어! 핫핫핫!"

그는 친근한 미소를 지었다.

"그거 오늘은 300억 원이지만 며칠 지나면 400억 원으로 뛸지도 모르네."

여의도역에서 전철을 내린 강도는 느긋하게 강변도로 쪽으로 걸어갔다.

지금 회사에 들어가면 9시 출근 시간인데 1시간이나 늦는 거지만 신경 쓰지 않았다.

정혈 한 병에 300억 원이라니까 49병이면 자그마치 1조 4천 7백억 원이다.

강도가 불맹에 붙어 있는 것도 다 돈 벌자는 이유인데 그 정도 어마어마한 돈이 있으면 스페셜솔저고 나발이고 안 다녀도 그만이다.

아까는 너무 놀라서 까무러칠 뻔했었다.

그렇지만 지금은 아무렇지도 않다.

무림에 있을 때 신군성 금고에 있는 재물을 현 세계 한화로 환산한다면 수십조 원은 족히 될 것이다.

돈이라는 건 쓸 만큼만 있으면 된다는 게 강도의 생각이다. 무엇이든 지나치게 많으면 탈이 난다.

우와아앙—

그가 강변도로를 따라서 걷고 있는데 갑자기 뒤쪽에서 굉장한 엔진음이 들렸다.

강도가 재빨리 뒤돌아보니까 도로 저쪽에서 빨간 스포츠카 한 대가 맹렬한 속도로 질주해 오고 있다.

정속 주행하고 있는 다른 차들을 요리조리 피하면서 시속 150㎞ 이상의 속도로 달려오고 있다.

강도는 뭔가 이상함을 직감하고 시력을 돋구어서 운전석을 주시했다.

짙은 선글라스를 쓴 젊은 여자가 운전을 하고 있는데 얼굴에 당황한 기색이 역력했다.

'브레이크 고장이다!'

끼이익! 콰쾅! 쿵!

스포츠카 페라리는 앞쪽 신호 대기에 멈춰 있는 차들을 들이받고 그대로 인도의 강도를 향해 돌진해 왔다.

그와아앙—

"우왓!"

강도는 다급히 몸을 숙였다.

차도와 인도 사이의 경계석을 받침대로 삼은 페라리는 한 순간 붕 떠오르더니 비행기처럼 날아올라서 강도 머리 위를 스쳐 지나갔다.

만약 강도의 행동이 조금만 늦었더라면 상체가 날아갔을 것이다.

그는 재빨리 일어나서 페라리가 날아간 방향을 쳐다보았다.

우지직! 쿠쿵!

페라리는 수십 미터나 날아서 강둑 저 아래 강변 산책로에 떨어져서 퉁겼다가 쏜살같이 데굴데굴 구르더니 샛강에 거꾸로 처박히고서야 멈췄다.

샛강은 폭이 5m 정도로 좁지만 수심이 제법 깊은지 페라리가 뒤집힌 채 전부 물속에 잠기고 바퀴만 맹렬하게 헛바퀴를 돌고 있다.

인도에 있던 몇몇 사람이 놀라서 비명을 지르며 쳐다보고 있지만 달려가는 사람은 아무도 없다.

달려간다고 해봤자 100m도 넘는 거리이고 거꾸로 물속에 처박힌 페라리에서 운전자를 구해내는 건 불가능에 가까운 일이다.

'빌어먹을! 지각인데 더 늦겠군.'

강도는 페라리를 향해 달리기 시작했다.

못 봤으면 모르지만 사고가 나는 걸 눈으로 똑똑히 봤는데 그냥 가버리는 건 의협심이 남달리 강한 강도로선 못할 짓이다.

그는 10% 회복한 무공으로 경공술을 전개하여 2초 만에 페라리에 도착했다.

멋진 정장은 아니지만 오늘은 그래도 집에 있는 서너 벌의 옷들 중에서 가장 새 것을 입고 나왔는데 앞뒤 가릴 것 없이 그냥 물속으로 다이빙을 했다.

다행히 물이 깨끗해서 물속의 상황이 한눈에 다 보였다.

페라리 운전석의 에어백이 터졌으며, 여자가 에어백에 짓눌린 상태에서 안전벨트를 매고 거꾸로 매달려 있는데 움직임이 없다.

긴 머리카락이 뒤집어져서 얼굴을 가렸으며 창은 깨지지 않았는데 문틈 새로 물이 스며들고 있었다.

강도는 운전석 문을 잡고 힘을 주었지만 안에서 잠겼는지 수압 때문인지 꿈쩍도 하지 않았다. 10% 공력을 끝까지 끌어올려 단번에 확 잡아당겼다.

콰득…….

문이 뜯어지듯이 활짝 열리면서 물이 페라리 안으로 쏟아져 들어갔다.

콰아아!

안전벨트를 풀려고 할 때 이미 페라리 안에 물이 가득 찼다.

여자의 반쯤 벌어진 입으로 물이 흘러 들어가고, 코에서 공기가 방울방울 뿜어졌다.

그런데 안전벨트가 잘 풀리지 않아 품속에서 귀매비를 꺼내 자르고 에어백을 터뜨렸다.

"푸아!"

여자를 안고 물 위로 솟구쳤다가 샛강 가장자리 땅 위로 올라갔다.

강도는 여자를 바닥에 똑바로 눕히고 얼굴부터 발끝까지 재빨리 훑어보면서 매만지며 이상 유무를 살폈다.

안전벨트와 에어백 덕분인지 다친 곳은 없는 것 같았다.

그런데 코에 귀를 대보니까 숨을 쉬지 않았다.

물을 먹은 시간은 길어야 20초 남짓이었다.

안전벨트를 맸더라도 차가 뒤집혀서 구르고 샛강에 처박힐 때 상체에 압박이 가해져서 질식하거나 충격을 받았을지도 모른다.

강도가 여자의 코트를 열어젖히자 블라우스만 입은 불룩한 가슴이 드러났다.

그는 즉시 심폐 소생술을 시작했다. 가슴 한가운데에 한 손은 펴고, 다른 손은 위에 포개서 깍지를 꼈다.

가슴이 푹푹 꺼지도록 수직으로 강하게 압박했다.

하나… 둘… 셋… 넷……

누르는 횟수를 세다가 30회 때 여자의 머리를 뒤로 젖히고

턱을 들어서 기도를 연 다음에 손가락으로 코를 잡고 입에 입을 포개고 인공호흡을 했다.

'하나, 둘, 셋, 넷, 다섯……'

강도는 그렇게 세 번 반복하다가 여자의 가슴 한가운데에 손바닥을 밀착시키고 진기를 주입시켰다.

그러고는 다시 가슴을 압박하고 나서 인공호흡을 했다.

그때 여자가 번쩍 눈을 떴다.

인공호흡을 하던 강도는 즉시 멈추고 입을 뗐다.

"우 웩……."

여자의 입에서 물이 왈칵 분수처럼 쏟아졌다.

여자가 누운 채 콜록거리며 계속 물을 토했다.

"아……."

여자가 나직한 한숨을 흘리면서 눈을 깜빡거렸다.

"괜찮습니까?"

여자는 자신을 굽어보는 강도를 올려다보면서 중얼거렸다.

"브레이크가 고장 났어요……."

"그런 것 같았습니다."

강도가 쳐다보니까 거리 쪽에서 사람들이 뛰어오고 멀리에서 앰뷸런스 사이렌 소리가 들렸다.

강도는 여자 얼굴을 덮고 있는 젖은 머리카락을 쓸어 넘기며 부드럽게 말했다.

"곧 구급 대원이 도착할 테니까 걱정하지 마십시오."

그러고는 일어나서 거리 쪽으로 달려갔다.

"이봐요… 가지 마요……"

뒤에서 여자 목소리가 들렸지만 돌아보지도 않았다.

제10장
항아(姮娥)

　스페셜솔저에 도착하니까 10시 56분이었다.

　하지만 그가 지각한 것에 대해서 뭐라고 하는 사람은 아무
도 없다.

　그저께 강도에게 이것저것 가르쳤던 선생이 그를 사장실로
데리고 갔다.

　첫 출근했을 때에는 얼굴도 보지 못했던 사장이다.

　사장이라고 해봐야 불맹 소속일 테니까 외전사나 사무직
관리 요원일 것이다.

　10층 빌딩 7층 전체를 사용하고 있는 스페셜솔저의 사장실
은 아담했다.

창을 등지고 책상 하나만 달랑 놓여 있고, 그 흔한 소파도 없다.

사장실의 한쪽 널따란 공간에서는 고급 트레이닝복을 입은 사내 하나가 도법을 수련하고 있었다.

쉬이익! 쉭! 쉭!

두 손으로 도 한 자루를 잡은 채 도풍을 일으키고 있는데 한눈에도 공력이 없다는 걸 알 수 있다.

연수 말로는 불맹에서는 간부급들과 상삼당 즉, 총 10계급의 위 3계급인 무당, 용당, 협당의 전사들만 언제라도 아무 때나 무공을 전개할 수 있다고 했었다.

그러니까 저기 고급 트레이닝복을 입은 사내는 전공이 펼쳐졌을 때를 대비해서 도법 수련을 하는 것일 게다.

강도와 선생은 한쪽에 나란히 서서 사내의 무술 수련이 끝나기를 기다렸다.

사내는 강도와 선생에게는 시선 한 번 주지 않으면서 땀을 뻘뻘 흘리고 거친 숨소리를 내며 도법을 수련했다.

천하 무림의 무공에 대해서 거의 총망라해서 알고 있는 강도는 사내가 지금 수련하고 있는 도법이 화산파(華山派)의 자하도법(紫霞刀法)이라는 것을 한눈에 간파했다.

자하도법은 일류에 속하지만 사내의 실력은 이류다.

총 십이 초식이 있는 자하도법 중에서 육 초식까지만 배운 모양이고 그나마도 최고도로 전개하지 못하고 있었다.

잔뜩 멋만 들어 있어서 실전 경험이 없음을 알 수 있다.

자하도법 십이 초식을 완벽하게 전개해야지만 일류검객 반열에 들 수 있다.

게다가 사내가 전개하는 자하도법은 지나치게 선이 굵어서 섬세한 자하도법을 제대로 살리지 못하고 있다.

강도하고는 비교 자체가 불가하다.

강도가 지풍 한 줄기만 발출하면 머리가 터져서 즉사하고 말 것이다.

그렇지만 사내는 아주 자랑스럽게 도법 수련을 하고 있었다.

"후우우… 훅훅……."

이윽고 사내는 수련을 마치고 도를 벽걸이에 걸고는 강도 쪽으로 돌아섰다.

문이 열리고 바깥 비서실에 있던 여비서가 재빨리 수건과 이온 음료를 갖고 들어왔다.

사내가 차가운 이온 음료를 마시는 동안 여비서가 그의 땀을 닦아주었다.

사내가 강도를 힐끗 쳐다보았다.

"수련하기 전에 왔었어야지."

그의 말은 자기가 도법 수련을 하고 있는데 왔기 때문에 강도가 기다리는 것은 당연하다는 뜻이다.

강도는 쓰다, 달다 아무 말도 하지 않고 그저 묵묵히 서 있었다.

"아… 이거 샤워해야 하는데."

사내가 땀 닦는 걸 여비서에 맡긴 채 다시 강도를 힐끗 쳐다보았다.

샤워할 동안 강도를 더 기다리게 할까 말까를 결정하려는 것 같았다.

강도가 툭 던졌다.

"대충 하지."

사내의 얼굴이 벙쪘다.

"뭐… 라고 그랬냐?"

사내와 선생, 여비서까지 놀라서 강도를 쳐다보았다.

"도법 수련하는 거 30분이나 기다렸으면 됐다는 얘기다."

"어… 이놈 봐라?"

사내가 한 대 칠 것처럼 와락 인상을 쓰면서 강도에게 성큼 다가들었다.

상대가 제대로 나오면 강도도 제대로 응대해 준다.

그렇지만 이건 아니다.

이 사내가 스페셜솔저의 사장인지는 모르겠지만 시건방이 도가 지나치다.

아무리 아랫사람이라도 이렇게 대하는 게 아니다.

강도가 세게 나가는 건 갑자기 1조 4천 7백억 원이 생겨서가 아니다.

무림에서 절대신군으로 지냈던 습관 때문이다.

강도는 가슴을 쭉 펴고 자신보다 한 뼘 정도 키가 작은 사내를 주시했다.

"왜 오라고 했는지 말해봐라."

"어……"

사내는 이미 기 싸움에서 강도에게 졌다.

지금 강도에게서는 천하 무림을 발아래 부복시켰던 절대신군의 엄청난 기도가 뿜어지고 있었다.

사내는 강도 얼굴을 쳐다보고 나서 선생과 여비서를 한 번씩 쳐다보았다.

자신이 사장이고 상대는 졸당의 졸구조라는 사실을 다시한 번 인식하려는 몸부림이 엿보였다.

"너… 어디 아프냐?"

사내는 지그시 이를 악물었다. 쪽팔림을 이기려는 노력이 역력했다.

이런 경우는 한번 해보자고 결정을 내렸을 때다.

강도는 이럴 때 어떻게 해야 하는지 잘 알고 있다.

방법은 하나.

누가 강자인지 증명해 주는 것뿐이다.

강도는 긴 말을 싫어한다.

그리고 쓸데없이 기 싸움하는 건 더 싫어한다.

슷—

강도가 오른손을 뻗자 사내는 잽싸게 피하면서 오히려 강도의 턱에 주먹을 날렸다.

"어쭈?"

아니, 그렇게 하고 싶었지만 마음뿐이다.

콱!

"끅……."

강도가 손을 뻗는 행동이 충분히 피할 수 있을 것처럼 느렸는데도 사내의 목은 어느새 그의 손아귀에 잡혀 버렸다.

느리게 보였을 뿐이다. 사실은 전광석화처럼 빨랐다.

10% 회복한 무공의 힘이다.

슥―

강도는 오른팔을 쭉 펴면서 사내의 두 발이 허공에 떠오르게 했다.

"끄으으……."

목이 부러질 것 같고 숨이 막혀서 사내의 얼굴이 시뻘겋게 변했다.

그는 두 손으로 강도의 오른팔을 때리기도 하고 허우적거리면서 발버둥을 쳤다.

쪽팔림 같은 것은 사라지고 지금은 살기 위해서 사력을 다했지만 소용이 없다.

강도는 사내를 응시하며 중얼거렸다.

"조용히 살자."

"끄으으으……."

"대답해라."

강도가 손에서 약간 힘을 빼자 사내는 미친 듯이 고개를 끄떡였다.

"끄으으… 네… 제발 목숨만……."

사내 스페셜솔저의 사장은 불맹에서 7번째 계급인 풍당의 제4조장 흑투호(黑鬪虎) 차동철이다.

스페셜솔저의 직원들은 7번째 풍당과 8번째 술당(術堂), 9번째 병당(兵堂)으로 이루어져 있다.

사장 흑투호 차동철은 샤워도 하지 않고 고급 트레이닝복을 입은 채 책상 너머 사장 자리에 앉아 있다.

강도는 스페셜솔저의 위계질서를 무너뜨릴 생각이 없었다.

그저 자신의 존재를 약간 드러내서 앞으로 이곳에서의 생활이 편해지기를 원했을 뿐이다.

"동철아."

책상 앞에 서 있는 강도가 중얼거리듯이 부르자 차동철은 상체를 꼿꼿하게 세웠다.

"넵! 형님!"

강도는 32살 차동철의 이름을 부르기로 했다.

차동철이 강도를 어떻게 부르는지는 그의 자유다.

"날 왜 불렀는지 얘기해라."

"네, 형님."

차동철은 아직 완전히 강도에게 굴복한 것이 아니다.

그도 한가락 하는 인물이라서 그 정도에 강도에게 굽실거릴 만만한 성격이 아니다.

지금은 목숨이 위태로우니까 잠시 굴신하고 있을 뿐이다.

나중에 전공이 주어지는 기회가 생기면 그때 아예 강도를 박살을 내줄 생각이다.

"형님께서 승진하셨다는 맹의 연락입니다."

차동철은 서랍에서 휴대폰을 꺼내 두 손으로 강도에게 공손히 내밀었다.

"여기… 병당 제8조장 ID입니다."

강도는 휴대폰을 ID라고 한다는 걸 처음 알았다.

휴대폰에 불맹 소속의 각 신분에 맞는 모든 것이 들어 있기 때문일 것이다.

강도가 휴대폰을 받자 차동철이 친절하게 설명했다.

"먼젓번 ID에서 칩을 빼서 바로 여기에 꽂았다가 빼면 예전 정보가 다 여기로 옮겨집니다."

강도는 휴대폰을 주머니에 넣었다.

"병조장의 월급은 1,500만 원에 보너스 600%입니다."

원래 여비서가 해줄 설명을 차동철이 직접 했다.

"그리고… 차량과 주택이 지급됩니다."

"그건 됐다."

"네?"

맹에서 주는 차량이나 집은 왠지 찜찜하다.

가난하다고 주는 대로 덥석덥석 받으면 안 된다.

맹에서 차량이나 집에 무슨 수작을 부려놨을 수도 있다.

그러면 행동하는 데 제약을 받게 된다. 일거수일투족이 맹의 감시하에 놓이게 된다는 것이다.

그리고 하나 중요한 사실이 있다.

강도는 더 이상 가난하지 않았다.

"졸구조에서 세 명을 데리고 갈 수 있습니다."

"병팔조에?"

"그렇습니다."

"그리고……"

차동철은 강도 쪽에서 보이지 않는 노트북의 화면을 계속 올리면서 그에 대한 자료를 보고 있다.

화면을 올리던 차동철의 손이 뚝 멈췄다.

노트북 화면에는 어제 졸구조장 산예도가 분당 인중병원을 완전 소탕했다는 내용이 떴다.

"어……"

차동철은 너무 놀랐다.

인중병원 같은 큰 덩어리를 소탕하고 접수하는 건 맹의 최정예 외전사인 삼상당이나 할 수 있는 일이다.

"뭐냐?"

"아… 형님께서 인중병원을 소탕하신 일에 대해서 맹에서는 형님 개인에게 5억 원의 보너스를 지급했답니다."

차동철과 선생은 강도 얼굴에 기뻐하는 표정이 눈곱만큼도 떠오르지 않은 걸 발견했다.

그거 하나만 봐도 그들 생각으로는 강도가 자신들 같은 평범한 인간하고는 거리가 먼 것 같았다.

"에… 그리고 오늘 형님께선 노말 3팀과 콘서트 경호가 잡혀 있습니다만……."

차동철은 강도의 표정을 살폈다.

"나가시지 않아도 됩니다."

"가겠다."

"네? 아… 그럼 그러십시오."

차동철 입가에 미소가 스쳤다.

"저도 거기에 나갑니다."

일을 나가면 '개전'이 주어진다.

맹에서 전송하는 '개인전공'을 줄여서 '개전'이라고 한다.

그건 한 지역 전체를 전공으로 삼는 것하고는 달리 일개인에게 주는 전공이다.

"갈 때 불러라."

"알겠습니다, 형님."

벌떡 일어난 차동철은 방을 나가는 강도의 뒤에서 꾸벅 허리를 굽혔다.

틱……

강도가 나가고 문이 닫히고 나서도 잠시가 지나서야 차동철은 으스스한 미소를 흘렸다.

"저 새끼 오늘 나한테 죽었다."

'개전'이 주어지면 차동철은 강도를 아예 폐인으로 만들어 버릴 생각이다.

"산예도 같은 게 감히……."

무림에서 산예도는 흑투호 차동철과 비슷한 레벨이었다.

그렇지만 차동철은 그걸 인정하지 않았다.

강도는 휴게실에 앉아서 휴대폰으로 자신의 은행 계좌에 5억 원이 입금된 것을 확인했다.

아까 전철 안에서 확인해 보니까 분당 인증병원의 브랜드와 자산적인 가치는 1조 5천억 원이 넘는다고 했다.

맹은 가만히 앉아 있다가 인증병원을 갖다가 바친 강도와 졸구조원들에게 총 17억 600만 원을 주었다.

엄청나게 많이 남는 장사다.

세상에서 이렇게 이문이 많이 남는 장사는 없을 것이다.

어쨌거나 강도의 은행에는 7억 가까운 돈이 있다.

강도는 그 정도 돈이면 중형 아파트 한 채를 살 수 있지 않을까 생각했다.

휴대폰으로 부천 중동 지역의 중형 아파트를 검색해 보니까 45평짜리 아파트가 4억 원대다.

"어······."

7억이면 중형 아파트 한 채 사는 게 떡을 칠 것 같았다.

그래서 조금 욕심을 내서 새로 지은 아파트나 큰 평수를 찾아보았다.

작년에 입주한 국내 최고 브랜드의 깨끗한 새 아파트 34평 아파트가 5억 5천이라고 한다.

강도는 아파트 검색에 푹 빠졌다.

"정했다."

아파트 검색을 시작한 지 20분 만에 강도는 사고 싶은 아파트를 한 채 골랐다.

대지 수십만 평에 건평 수만 평짜리 신군성에 살았던 그가 고작 몇십 평짜리 아파트 한 채를 고르면서 흥분을 감추지 못했다.

왜냐하면 이제부터 매입하게 될 아파트에서는 가족과 함께 살 것이기 때문이다.

아예 내친김에 전화까지 걸어봤다.

이왕이면 중동 중앙공원과 시청, 터미널 근처에 부천시청역까지 걸어서 2~3분 거리에 있는 아파트를 골랐다.

"5억인데 깎아주겠다고요?"

강도 입가에 미소가 저절로 머금어졌다.

자그마치 60평짜리 방 다섯 개에 욕실 딸린 화장실이 두 개나 있는 대형 아파트가 5억인데 거기에서 또 깎아준댄다.

1994년도에 준공했으니까 20년이 넘었지만 상관 없다.

"알았습니다. 이따 6시에 가겠습니다."

부동산 중개업소와 약속까지 하고 전화를 끊을 때 차동철이 미소 지으면서 다가왔다.

"형님, 가시죠."

여자 트로트 중견 가수의 콘서트에 스페셜솔저 전사 4명이 파견됐다.

전사 두 명이 여가수를 밀착 경호하고 강도와 차동철은 휴게실에서 한가하게 커피를 마셨다.

강도는 경호원의 제복인 정장과 구두까지 지급받아 갈아입고 귀에 이어폰을 꽂고 있다.

"형님, 잠깐 나와보시죠."

차동철이 강도를 비상구 바깥으로 불러냈다.

말은 '형님'이라고 하지만 아까하고는 사뭇 다른 건방진 말투다.

이런 콘서트에는 보통 두 명 정도가 경호를 나가는데 차동철은 오늘 강도를 엿 먹이려고 일부러 데리고 나왔다.

하지만 강도는 무림에서 이런 일을 한두 번 겪어본 게 아니기 때문에 차동철의 속셈을 훤하게 꿰고 있다.

그는 비상구 밖의 이 층 옥상 위의 너른 공간에서 차동철을 마주하고 5m 거리에 섰다.

"해봐라."

그가 대뜸 말하니까 차동철은 뜨악했다.

"뭘… 말입니까?"

"전공이 펼쳐진 걸 믿고 나하고 한번 해보겠다고 날 부른 거 아니냐?"

"아… 거, 뭐……."

정곡을 찔린 차동철은 머뭇거리다가 그걸 감추려고 과장되게 웃었다.

"하하하! 눈치 빠른 놈이로구나!"

그는 하늘을 향해 오른팔을 쭉 뻗었다.

"아까 내가 실수를 해서 너한테 당한 걸 갚아주겠다."

척!

하늘로 뻗은 그의 오른손에 푸르스름한 도 한 자루가 갑자기 나타나면서 잡혔다.

무림에서 그가 사용하던 도인데 맹에서 보내준 것이다.

"산예도 너한테도 개전이 주어졌을 테니까 한번 실력을 다 발휘해서 원 없이 붙어보자."

강도는 품속에서 귀매비를 꺼내 오른손에 잡고 고개를 끄떡였다.

"알았다."

차동철은 강도가 맹으로부터 무기를 전송받지 않고 지니고 있던 15㎝ 정도의 짧은 칼로 싸우려는 것을 보고 기분이 상했다.

"너는 끝까지 나를 모욕하는… 헛?"

차동철은 말하다가 움찔 놀랐다.

강도가 상체를 약간 숙인 자세에서 득달같이 쏘아오고 있기 때문이다.

맹으로부터 개전이 주어진 강도는 차동철 따위를 상대하려면 구태여 움직일 필요도 없고, 무기도 필요 없으며, 그저 손가락만 하나 까딱거리면 된다.

하지만 그러는 건 절대신군이었을 때다.

현재의 그는 산예도니까 딱 그 정도의 실력만 보여야지 지나치면 안 된다.

아니, 실제 산예도의 실력이면 흑투호 차동철에게 패할지도 모른다.

그러니까 차동철을 이길 만큼의 실력을 발휘하면 된다.

그런데 그게 문제였다.

초절고수가 이류무사 흉내를 내야 하기 때문이다.

부자가 일부러 가난뱅이 행세를 하는 게 얼마나 어려운 일인지 아는 사람이라면, 지금 강도의 심정을 십분 이해하고도 남을 것이다.

갖은 폼을 다 잡고 있던 차동철은 정면에서 부딪쳐 오는 강도를 향해 다급히 도를 그어 내리면서 옆으로 피했다.

쐐액!

"어딜!"

그는 자신이 아주 짧은 거리를 최고 속도로 움직일 경우, 시속 50㎞이기 때문에 비슷한 레벨의 강도도 그 정도 속도일 것이라 여기고 대응했다.

사실 더 빠른 속도로 대응할 수는 없다. 이것이 그의 한계이기 때문이다.

팍!

"큭!"

충분히 막을 수 있을 것이라고 믿었는데 차동철의 왼쪽 어깨가 화끈했다.

차동철은 최초의 일 초식으로 분명히 강도의 귀매비를 막거나 그의 몸뚱이를 벨 것이라고 믿었다.

그런데 차동철의 도는 허공을 그었으며, 강도의 모습이 그의 시야에서 사라졌다.

팍!

이번에는 차동철의 등 한가운데가 뜨끔했다.

"흑……."

차동철이 조금 전에 봤던 강도의 15㎝ 귀여운 칼로 그의 어깨와 등을 찌른 게 분명하다.

어찌 된 노릇인지 도대체 정신을 차릴 수가 없다.

산예도 정도에게 이렇게 형편없이 당하다니 말도 안 된다.

"으얍!"

자신이 위험에 빠졌다는 사실을 직감한 차동철은 최대한의 방어를 하면서 옆으로 번쩍 몸을 날리며 맹렬하고도 어지럽게 도를 휘둘렀다.

팍!

"끅……."

그런데 이번에는 오른쪽 옆구리가 뜨끔거렸다.

속수무책이다.

도대체 어떤 수법에 당했는지도 모른다.

그저 움직이기만 하면 여기저기 마구 찔렸다.

스으…….

순간 바로 코앞에 강도의 모습이 신기루처럼 나타났다.

강도는 무표정한 얼굴로 다가들면서 15㎝ 칼을 들어 곧장 차동철의 눈을 찔러왔다.

"으왓! 살려주십시오!"

이미 전의를 상실한 차동철은 피할 생각도 하지 못하고 그 자리에 얼어붙어 눈을 질끈 감았다.

그러면서 한 생각이 머리를 스쳤다.

눈앞의 이자는 절대로 자신의 상대가 아니라고 말이다.

망신당한 걸 갚아주겠다고 날뛴 것을 뼈저리게 후회했다.

팍!

"흐윽!"

눈을 찌를 줄 알았는데 이번에는 오른쪽 어깨가 따끔했다.

그러고는 끝이다.

잠시 동안 조용하기에 차동철은 잔뜩 겁먹은 얼굴로 천천히 눈을 떴다.

처음처럼 5m 앞에 강도가 우뚝 서 있으며 손에 쥐고 있던 15㎝ 귀여운 칼은 보이지 않았다.

강도가 조용한 목소리로 물었다.

"조금 더 해줄까?"

"아… 아닙니다……."

차동철은 소스라치게 놀라서 펄쩍 뛰며 미친 듯이 고개를 가로저었다.

그런데 몸이 크게 휘청거렸다.

"으으……."

뿐만 아니라 온몸에 힘이라곤 하나도 남아 있지 않았다.

문득 바닥을 보던 차동철은 기겁해서 비명을 질렀다.

"우왁!"

바닥에 시뻘건 피가 흥건했다.

피바다라는 건 이런 걸 두고 하는 말일 거다.

도대체 이렇게 많은 피가 어째서 바닥에 고여 있는 것인지 모를 일이다.

그 직후에 차동철은 혼비백산했다.

자신의 몸에서 피가 철철 흐르는 걸 발견한 것이다.

그가 내려다보고 있는 중에도 두 다리를 타고 피가 수돗물처럼 줄줄 흐르고 있었다.

"으으… 으흐흐……."

사색이 돼서 급히 살펴보니까 자신의 양쪽 어깨와 옆구리, 허벅지에서 피가 흐르고 있다.

조금 전에 뜨끔거렸는데 거기에서 흐르는 피다.

느낌으로는 그저 살짝 얇게 베거나 찔린 것 같았는데 이 정도로 홍수처럼 피가 흐르다니 기절할 일이다.

오죽했으면 차동철은 자신의 몸에서 피가 콸콸 빠져 나가는 느낌이 생생하게 들 정도다.

마치 세차게 흐르는 시냇물 옆에 서 있는 것 같았다.

차동철은 두 다리가 부들부들 떨리더니 급기야 그 자리에 털썩 주저앉았다.

"흐으으……."

강도는 아무 말도 하지 않고 물끄러미 그를 굽어보고 있을 뿐이다.

차동철은 자신이 이대로 죽을 거라는 사실을 직감했다.

그리고 강도가 묵묵히 서서 자신을 바라보고만 있는 이유를 깨달았다.

차동철이 뭔가 행동으로 보이기를 기다리고 있는 것이다.

"잘… 못했습니다……."

차동철은 강도를 향해 엎드려 이마를 바닥에 댔다.

"살려주십시오… 형님……."

강도는 차동철의 네 군데 상처 주위의 혈도를 눌러서 지혈을 하여 피를 멈추었다.

바닥에 피가 많이 흐른 것처럼 보이지만 사실 그렇게 많은 양은 아니다.

강도는 차동철의 동맥이나 정맥을 건드린 게 아니다.

네 군데 살짝 찔러서 피가 많이 나온 것처럼 보이는 수법을 사용했을 뿐이다.

말하자면 겁만 준 것이다.

그렇지만 당하는 사람은 식겁해서 금방이라도 죽는 줄 알 것이다.

차동철은 콘서트가 열리고 있는 극장 휴게실 소파에 길게 누워서 죄스러운 표정으로 강도를 바라보았다.

"용서하십시오, 형님. 다시는 그러지 않겠습니다."

"다시 그러면 죽일 거다."

차동철은 침을 꿀꺽 삼켰다.

"명심하겠습니다."

피가 묻은 옷을 벗고 극장 경비 제복으로 갈아입은 차동철은 소파에 누워서 진지한 표정을 지었다.

"산예도가 그 정도로 고강한 줄은 몰랐습니다."

강도가 대답 없이 가만히 있는 걸 보고 차동철은 눈치로 때려잡았다.

"형님, 산예도 아니시죠?"

대형 창 앞에 서 있는 강도는 가타부타 말없이 창밖을 바라보고 있다.

강도가 산예도인지 아닌지를 상상하는 건 차동철의 몫이다.

띠롱~

그때 차동철 휴대폰에 문자가 왔다.

"개인 신변 경호인데 그쪽에서 형님을 지명했습니다."

"나를?"

강도가 돌아섰다.

"네, 형님 아니면 안 된다고 합니다."

"누군데?"

"모릅니다. 가봐야 알 수 있습니다."

강도가 생각에 잠기는 걸 보고 차동철이 말했다.

"거절해도 됩니다."

"거절하면 어떻게 되지?"

"본사에 사유서를 작성해서 보내야 하는데 그 정도는 제 손에서 해결하겠습니다."

그럴 것까진 없다.

"가겠다."

강도는 경호를 요청한 사람이 메일로 보내준 전화번호와 주소를 보고 한남동으로 택시를 타고 찾아갔다.

헤라하우스라는 빌라 이름을 대니까 택시 기사가 한남동 유엔빌리지길의 매우 큰 성 같은 빌라 앞에 내려주었다.

담이 매우 높고 길어서 그 위쪽 너머에 있는 빌라는 아예 보이지도 않았다.

강도는 입구를 찾으려고 두리번거렸다.

"저기가 경비실이요, 잘생긴 총각."

잔돈을 팁으로 받은 택시 기사가 운전석 창밖으로 고개를 내밀고 담 한쪽을 가리켰다.

자세히 보니까 담 중간쯤에 움푹 들어간 곳이 있는데 거기가 경비실인 것 같다.

강도가 경비실로 다가가니까 30대 중반의 제복을 입은 경비원이 나왔다.

"뭡니까?"

"B동 3호 찾아왔습니다."

경비원은 자신의 직업에 자부심을 느끼고 있는 듯했다.

"이름은?"

"이강도요."

"기다리쇼."

경비원은 경비실로 들어가서 인터폰을 하고는 잠시 후에 나오더니 안쪽 굳게 닫힌 유리문을 가리켰다.

"들어가서 오른쪽 B라고 적힌 엘리베이터를 타고 3층을 눌러요."

경비원이 들어가더니 유리문이 열렸다.

안으로 들어간 강도는 경비원이 시킨 대로 오른쪽 B 엘리베이터를 타고 3층을 눌렀다.

엘리베이터가 번쩍번쩍하고 강도네 안방보다 깨끗했다.

그렇다고 위화감 같은 건 느끼지 않았다. 그저 덤덤했다.

잠시 후 엘리베이터가 멈추고 문이 열렸다.

스르······.

엘리베이터 바깥은 복도 같은 데가 아니라 곧바로 어느 빌라의 실내 입구다.

엘리베이터 밖에는 한 명의 메이드 복장의 젊은 여자가 서 있다가 강도에게 말했다.

"어서 오세요. 이리 들어오세요."

저벅저벅······.

강도는 발소리를 울리며 실내로 들어섰다.

그가 들어선 곳은 운동장처럼 넓고 으리으리했다.

오른쪽은 온통 대형 창문이며 그곳으로 한강의 전경이 한눈에 보였다.

창 옆에 커다란 소파가 있으며 왼쪽에는 이 층으로 오르는 번쩍이는 대리석 계단이, 그러고는 바(bar) 같은 것과 식탁, 주방, 두 개의 방문이 보였다.

문득 강도는 낙양의 신군성에 돌아온 느낌이 들었다.

물론 이 빌라는 신군성에 비하면 1/100도 안 될 만큼 작지만, 이 빌라의 으리으리함이 그의 추억을 상기시켰다.

깐깐한 인상의 젊은 메이드는 강도에게 앉으라는 말도 하지 않고 둥근 기둥에 부착된 인터폰을 눌렀다.

"아가씨, 오셨습니다."

―위로 모셔.

"위로요?"

―그래.

메이드는 깜짝 놀라는 표정을 지었다.

그걸로 봐서는 손님을 위로 모시는 경우가 드문 일인 것 같았다.

"따라오세요."

메이드가 강도에게 고개를 까딱거리고는 반원형으로 굽은 멋진 계단을 올라갔다.

계단 위쪽은 반월 모양으로 크게 굽었으며 메이드는 강도를 오른쪽 가장 끝에 있는 강 쪽의 방으로 안내했다.

똑똑…….

"들어와."

메이드가 꼿꼿하게 서서 노크를 하자 안에서 작은 목소리가 흘러나왔다.

척!

메이드가 조심스럽게 문을 열고는 옆으로 비켜서며 강도를 보았다.

"들어가세요."

강도는 과연 누가 자신을 지명해서 경호를 부탁했는지 조금 궁금했다.

강 쪽으로 대형 창이 있는데 커튼을 쳐놓은 탓에 강도가 들어선 실내는 약간 어두웠다.

그렇지만 실내가 매우 크고 화려하다는 사실을 한눈에 알 수 있었다.

침대에 한 여자가 이불을 덮지 않은 채 흰색 계통의 실크 가운을 입고 누워 있었다.

그리고 침대 옆 고풍스러운 앤티크 의자에 정장 차림의 남자가 앉아 있다가 강도를 쳐다보았다.

강도 등 뒤로 문이 닫혔다.

"이리 오세요."

침대의 여자가 상체를 일으켜서 일어나 앉으며 손짓으로 강도를 불렀다.

강도는 앤티크 의자에 앉아 있는 남자 옆으로 걸어가면서 여자에게서 시선을 떼지 않았다.

길고 굵게 웨이브가 진 머리카락을 치렁치렁 늘어뜨린 여자는 눈을 반쯤 뜨고 강도에게서 시선을 떼지 않았다.

"나 모르겠어요?"

강도는 남자 옆에 멈춰 서서 1.5m 거리의 여자를 물끄러미 응시했다.

어디선가 본 것 같기도 한데 잘 모르겠다.

강도는 여자가 살고 있는 이 빌라라든지, 쳐다보고 있으면 눈알이 빠져 버릴 것처럼 아름답고 매혹적인 모습 등으로 봤을 때 여자가 유명한 탤런트 아니면 영화배우일 것이라고 짐작했다.

그래서 어디선가 본 듯한 느낌이 든 거라고 생각했다.

하지만 강도는 TV나 영화 자체를 아예 보지 않기 때문에 여자가 누군지 몰랐다.

"모르겠습니다."

한껏 멋을 내고 금테 안경을 쓴 정장 남자가 어이없다는 표정을 지었다.

"허어… 대한민국에서 김항아(金姮娥) 모르는 사람이 존재하고 있다니……."

'김항아?'

강도는 TV나 영화를 보지 않지만 김항아가 누군지 정도는 알고 있다.

대한민국이 낳은 세계적인 글로벌 스타.

아시아인으로는 최초로 오스카 주연상을 비롯하여 세계 유수의 영화제를 휩쓴 대스타.

한 사람이 창출해 내는 수익이 웬만한 우량 중소기업을 능가한다는 대한민국 최고의 블루칩.

신문을 꼼꼼하게 읽는 강도는 대한민국에서 연예는 물론이고 정치, 경제, 예술계를 통틀어 가장 유명한 여자 김항아에 대해서는 익히 알고 있었다.

"당신 정말 김항아 몰라? 그냥 잘난 체하려고 모른다고 하는 거지? 엉?"

"그만해요."

정장 남자가 따지듯이 강도를 쏘아보면서 캐묻자 김항아가 얼굴을 찡그렸다.

강도는 덤덤하게 말했다.

"이름은 들어봤습니다."

"허어… 이름은 들어봤다고?"

정장 남자가 또 뭐라고 말하려는데 김항아가 침대에서 내려오려고 강도가 서 있는 쪽으로 다리를 뻗었다.

두 손으로 침대를 짚고 엉덩이를 밀면서 내려오려던 김항아의 하얀 꽃무늬 실크 가운이 말려 올라가면서 무릎과 허벅지, 그리고 꽃 장식의 연분홍색 팬티가 한순간 그대로 적나라하게 노출됐다.

강도의 눈길이 자신도 모르게 김항아의 아랫도리로 향했다.

지금 같은 상황이라면 어느 누구라도 그쪽으로 시선이 갔을 것이다.

정말이지 백옥을 깎아 정성을 다해서 다듬은 듯한 잡티 하나 없는 쭉 뻗은 다리다.

뽀얀 허벅지가 가지런히 모아져 있고 그 위에 조그만 연분홍색 팬티가 약간 볼록하게 솟아 있었다.

"어딜 봐, 이 자식아! 눈 안 돌릴 거야?"

정장 남자가 발딱 일어서더니 거침없이 두 손으로 강도의 멱살을 잡아왔다.

척!

강도는 정장 남자의 뻗어오는 두 손을 한 손으로 그러모아서 움켜잡았다.

"어……."

경망스러운 정장 남자에 대한 가벼운 벌로 손에 아주 살짝 힘을 주자 남자가 자지러지는 비명을 질렀다.

"으아악! 나 죽어!"

강도는 정장 남자의 지나친 오버 액션에 눈살을 찌푸리며 손을 놔주었다.

그때 방문이 열리고 조금 전의 메이드가 당장에라도 달려 들어올 것 같은 자세로 물었다.

"무슨 일입니까?"

"으으… 이 자식이……."

정장 남자는 마치 어린아이가 엄마에게 고자질하는 것처럼 강도를 가리키면서 말하는데 김항아가 별일 아니라는 듯 손을 저었다.

"별일 아니에요."

메이드는 강도를 힐끗 쳐다보고는 문을 닫았다.

김항아는 정말 별일 아니라는 듯 드러난 하체를 가운으로 가리면서 침대에서 내려와 강도 앞에 섰다.

"잘 봐요. 내가 누군지."

김항아는 강도 앞 1m 거리에 서서 뒷짐을 지고 얼굴을 앞으로 쑥 내밀었다.

화장기 하나 없는 민낯인데도 김항아는 눈이 부실 만큼 아름다웠다.

강도는 소유빈이 가장 아름답다고 생각했었는데 그녀에 필적할 만한 미인이 여기에 또 있었다.

"그대······."

얼굴이 맞닿을 만큼 가까워지자 강도는 비로소 그녀가 누군지 알아보았다.

"알아보시겠어요?"

20㎝ 앞에 있는 김항아의 얼굴이 배시시 웃었다.

꽃봉오리가 강도 눈앞에서 사르르 펼쳐지듯이 싱그럽고 아름다운 얼굴이다.

"이제 알겠습니다."

강도가 고개를 끄떡이자 김항아의 미소가 더 짙어졌다.

"내가 누구죠?"

"브레이크 고장녀."

"어머?"

강도는 생각나는 대로 얘기했을 뿐인데 김항아는 깜짝 놀라더니 웃음을 터뜨렸다.

"아하하하하하!"

바로 앞에서 파안대소하는 그녀의 크게 벌린 입속의 목젖이 다 보였고, 약간의 침이 강도 얼굴에 튀었다.

그러면서 향수나 화장품은 아닌데 기분을 좋게 하는 아주 상쾌하고 그윽한 향기가 풍겼다.

강도는 목젖이 아름다운 여자를 처음 보았다.

그렇다. 김항아는 오늘 아침에 여의도에서 브레이크가 고장 나서 샛강에 뒤집힌 채 처박힌 페라리 운전석에 앉아 있던 바로 그녀였다.

설마 그녀가 강도를 경호원으로 지명했을 것이라곤 상상도 하지 못했었다.

"들었어요? 날더러 브레이크 고장녀래! 하하하하!"

김항아는 뭐가 그리 우스운지 상체를 뒤로 젖혔다가 앞으로 숙이면서 한참이나 웃었다.

그러나 약간의 징계를 당한 직후인 정장 사내는 잔뜩 못마땅한 얼굴로 강도를 쏘아보았다.

아직 웃음이 그치지 않은 김항아는 스스럼없이 강도에게

팔짱을 끼고서 창가의 소파로 이끌었다.

"이리 와서 우리 얘기 좀 해요."

실크 가운 안에 감춰진 그녀의 유방이 물컹하고 강도의 팔에 전해졌다.

강도는 김항아가 자신을 어떻게 알아냈는지 궁금했지만 물어보지 않았다.

가만히 있으면 김항아가 다 얘기하게 되어 있다.

두 사람은 고급스러운 소파에 마주 앉았고 정장 사내는 앉지 않고 옆에 서서 지켜보았다.

김항아가 정장 사내에게 명령하듯이 말했다.

"답답해요. 커튼 좀 걷어요."

촤아아…….

커튼을 걷자 한쪽 벽을 다 차지하고 있는 창밖 저 아래로 한강의 풍경이 풍경화처럼 펼쳐졌다.

"그렇게 가버리면 어떻게 해요?"

김항아가 원망스럽다는 듯 눈을 살짝 곱게 흘겼다.

대게 여자들이 이런 행동을 하면 유혹적이면서도 조금 천박해 보이는 법이다.

그런데 이 김항아는 그런 행동마저도 우아했다.

"지각했습니다."

김항아는 어이없다는 표정을 지었다.

"그 상황에서 그게 중요해요?"

강도는 흔들림 없이 담담했다.

김항아는 처음에 강도가 자신을 살려놓고 말 한마디 없이 홀쩍 사라졌을 때 그가 무척이나 고마우면서도 약간 흥미를 느꼈다.

대스타 김항아를 한눈에 알아봤을 텐데도 생명의 은인이 아무런 보답도 바라지 않고 사라져 버린 것이다.

그런데 이제 보니까 이 남자는 김항아가 누군지 아예 모르고 있었다.

어떻게든 수소문을 해서 자기를 찾아오겠지, 하는 고차원적인 술수는 아닌 것 같다.

그건 이 남자의 절도 있는 행동과 흔들림 없이 무덤덤한 눈빛을 보면 알 수 있다.

그래서 김항아는 강도에게 조금 더 흥미가 끌렸다.

"당신 아니었으면 나 죽었어요."

김항아의 말에 강도는 그저 담담히 고개만 끄떡일 뿐이다.

김항아가 보기에 이 남자는 호들갑스럽지도 않고, 웃지도 않으며, 과묵하고 믿음직스러웠다.

그리고 매우 중요한 한 가지.

아주 잘생겼다.

세상에 잘생긴 남자는 수두룩하지만 김항아 마음에 쏙 드는 미남은 아직 한 명도 없었다.

그런데 이 남자는 비단 잘생겼을 뿐만 아니라 묘한 매력을 지니고 있었다.

뿌리칠 수 없는, 그러나 함부로 접근하기도 어려운 그런 매력이다.

"23살 젊디젊은 나이에 요절할 뻔했어요. 지금 생각해도 머리털이 선다니까요?"

그녀는 생각하면 끔찍하다는 듯 몸서리를 쳤다.

"지금은 괜찮습니까?"

김항아는 상체를 꼿꼿하게 세우고 몸을 이리저리 움직여 보였다.

"괜찮아요. 거짓말처럼 아주 말짱해요."

실크 가운이 살짝 벌어지고 브래지어만 한 뽀얗고 투실투실한 유방이 드러나 출렁거렸다.

그녀는 손으로 가슴을 지그시 눌렀다.

"여기가 조금 뻐근한 것 빼고는."

강도가 심폐 소생술을 할 때 가슴을 힘주어 압박했기 때문에 뻐근할 것이다.

심폐 소생술을 하는 도중에 심하면 갈비뼈가 부러지기도 하는데 김항아는 운이 좋았다.

"말해봐요. 뭘 원하세요? 다 들어드릴게요."

김항아가 얼굴을 앞으로 내밀고 강도를 말끄러미 바라보면서 물었다.

"원하는 거 없습니다."

"네?"

김항아는 귀를 의심하는 표정을 지었다.

정장 사내가 따지듯이 삿대질을 했다.

"그게 말이 돼? 어디서 수작 부리는 거야?"

그는 조금 전에 강도에게 당한 것도 있어서 그에 대한 감정이 좋지 않았다.

"지금 수작이라고 했소?"

강도 입에서 이랬소, 저랬소 하는 무림 말투가 나오면 기분이 나쁘다는 뜻이다.

"사람 목숨 구해주고서도 아무것도 바라는 게 없다니 그게 수작이 아니고 뭐냐?"

강도는 김항아를 보면서 조용히, 그러나 분명히 말했다.

"나는 아침 출근길에 위험에 처한 사람을 우연히 구했을 뿐입니다. 내가 괜찮다고 말했으니까 이제부터는 은혜니 뭐니 말하지 마십시오."

무림에서는 그 정도 일은 다반사였다.

강도는 무림에서 수많은 사람을 죽였지만 그보다 곱절 더 많은 사람을 구해주었다.

김항아는 관찰하듯 팔짱을 끼고 강도를 응시했다.

"나는 그대가 나를 경호원으로 지명했다고 해서 이곳에 온 거니까 다른 오해는 말아주십시오."

김항아는 강도가 자신을 '그대'라고 부르는 게 기분이 묘했지만 가만히 있었다.

"날 경호원으로 쓸 겁니까?"

"그럴게요."

"경호원은 있잖아?"

정장 남자가 항의했지만 메아리 없는 외침이다.

"이분으로 바꾸겠어요."

"경호원 세 명 중에 누굴 자를 건데?"

김항아는 엷게 미소 지으며 강도를 바라보았다.

"세 명 다 자를까요?"

강도는 가볍게 고개를 끄떡였다.

"그러십시오."

강도가 경호하면 다른 경호원들은 필요가 없다.

정장 남자가 강도에게 발끈했다.

"무슨 개수작이야? 네까짓 게 설마 세 명 몫을 해낼 수 있다는 거야?"

강도는 정장 남자를 턱으로 가리켰다.

"저 사람도 잘랐으면 좋겠군요."

"이 자식이!"

김항아는 깔깔거리면서 웃었다.

"최 매니저보다 더 뛰어난 실력자를 소개한다면 그렇게 하겠어요."

강도는 궁금하던 것을 물었다.

"그런데 날 어떻게 찾아냈습니까?"

김항아는 혀를 살짝 내밀었다.

"당신이 날 구하는 모습이 그곳 여의도 샛강공원의 CCTV에 찍혔어요."

"아……."

강도는 거기까지는 생각하지 못했었다.

김항아가 실크 가운 속에서 하얀 손을 꺼내 내밀었다.

"잘 부탁해요."

강도는 그 손을 잡았다.

"그대도 잘 부탁합니다."

김항아는 '그대'라는 낯선 호칭이 왠지 듣기 좋았다.

그리고 그 호칭이 익숙해질 것 같은 느낌이 들었다.

강도는 김항아를 경호하는 조건이 마음에 들지 않았다.

김항아는 강도가 매일 24시간 풀로 근무하기를 원하고 있다.

그녀와 같이 생활하면서 이동하고, 잠은 그녀의 옆방에서 자는, 한마디로 그녀의 그림자가 되라는 것이다.

강도는 스페셜솔저에서 경호원 일을 격일제로 하고 있으니까 매일 24시간 김항아 곁에 있는 건 곤란하다.

"그건 곤란합니다."

강도가 딱 잘라서 말하자 김항아 얼굴에 실망하는 기색이 스쳤다.

아니, 실망하는 것을 넘어서 어떤 좌절 같은 게 강도의 눈에 띄었다.

'뭐가 있는 건가?'

강도는 본능적으로 직감했다.

이것저것 논리적으로 계산한 것이 아니라 순전히 감으로 그렇게 느꼈다.

"강도 씨, 내가 어떻게 해주면 24시간 내 곁에 있어줄 수 있나요?"

김항아가 조금 애원하는 표정으로 그렇게 말할 때 강도는 지금껏 느끼지 못했던 두 가지를 감지했다.

김항아가 아프다는 것과 뭔가를 몹시 두려워하고 있다는 사실이다.

그때 메이드가 쟁반에 차를 갖고 들어와서 강도와 김항아 앞에 차를 놓아주었다.

강도는 원두커피의 이름을 모르겠지만 좋은 향기가 나는 차를 김항아 앞에 놓았다.

그런데 메이드는 차를 내려놓더니 나갈 생각을 하지 않고 정장 사내 옆에 두 손으로 잡은 쟁반을 앞에 모으고 다소곳이 섰다.

"커피 드세요."

김항아가 강도에게 커피를 권하고는 찻잔을 들었다.

은은한 커피의 향과 차향이 섞여서 강도의 콧속으로 흘러들었다.

'이건?'

강도는 향기에서 독(毒)을 감지했다.

아니, 독인지 확실하지는 않지만 그와 비슷한 것이다.

커피가 아니라 김항아의 차향에서 그런 독향을 맡았다.

아까 콘서트장에서 개전이 회수됐기 때문에 지금 강도는 10%의 무공만 지니고 있다.

그것으로는 이 정체불명의 향기가 무엇인지 정확하게 알아낼 수가 없다.

그렇지만 절대신군의 능력이 주어지면 그게 무언지 즉시 간파할 수 있을 것이다.

김항아는 그걸 모르는지 차를 마시기 시작했다.

후룩…….

강도는 커피를 마시면서 슬쩍 정장 사내 즉, 최 매니저와 메이드를 쳐다보았다.

최 매니저는 입가에 알 듯 모를 듯한 흐릿한 미소를 머금은 채 김항아를 바라보고 있다.

메이드는 제법 예쁜 용모지만 차가운 얼굴로 강도를 쏘아보고 있었다.

강도는 최 매니저와 메이드가 조금 의심스러웠다.

강도는 커피를 마시면서 김항아에게 전음입밀의 수법으로 말을 전했다.

[우리 둘만 얘기할 수 있겠습니까?]

김항아가 살짝 놀라는 표정으로 강도를 바라보았다.

강도는 창밖을 바라보면서 커피를 마시며 전음을 보냈다.

[지금 내가 하는 말은 김항아 씨만 들을 수 있습니다. 우리 둘이서만 얘기하고 싶습니다.]

김항아는 눈을 동그랗게 뜨고 강도를 말끄러미 바라보다가 최 매니저와 메이드에게 말했다.

"잠시 나가 있어요."

최 매니저가 어이없다는 표정을 지었다.

"나더러 나가라는 거야?"

"그래요."

김항아는 최 매니저를 쳐다보지 않고 고개를 끄떡였다.

최 매니저는 강도를 가리키며 열을 올렸다.

"저 자식이 항아한테 무슨 짓을 할지도 모르는데 나더러 나가라는 거야?"

"최 매니저, 이 사람 이겨요?"

"그건……."

"이기지도 못하면서 이 사람이 나한테 무슨 짓을 하면 최 매니저가 어떻게 나를 보호하겠다는 거죠?"

최 매니저의 얼굴이 붉으락푸르락 변했다.

"어서 나가요."

김항아는 방문을 손으로 가리키며 냉정하게 말했다.

강도는 아무 말도 하지 않고 커피를 마셨다.

하지만 그의 눈은 날카롭게 최 매니저와 메이드의 반응을 살피고 있다.

강도는 메이드의 팔꿈치가 최 매니저의 팔을 슬쩍 건드리는 것을 보았다.

최 매니저는 더 이상 말하지 않고 메이드와 함께 방을 나갔다.

강도는 메이드가 최 매니저의 윗사람 같다는 생각이 들었다.

현 세계에서는 상식적으로 말도 안 되는 얘기지만, 무림의 상식으로는 충분히 있을 수 있는 일이다.

강도는 자신을 빤히 응시하는 김항아에게 전음으로 말했다.

[그냥 평범한 대화를 하십시오.]

김항아는 강도가 입술도 벙긋거리지 않는데 그의 말이 자신의 귀에 전해지는 것을 들으면서 신기한 표정을 지었다.

하지만 입으로는 다른 말을 했다.

"정말 24시간 내 곁에서 경호하는 건 안 되나요?"

"그건 곤란합니다."

강도는 대화를 하면서 휴대폰을 꺼내 맹에 개인전공 즉, 개전을 요청했다.

곧 맹에서 허락이 떨어지자 이곳 좌표를 입력하고 #33을 눌렀다.

김항아는 휴대폰을 품속에 집어넣는 강도의 모습이 갑자기 흐릿하게 빛나는 것 같은 착각을 느꼈다.

강도에게 개전이 주어졌다.

"왜 곤란하다는 거죠? 혹시 결혼했나요?"

"미혼입니다."

평범한 대화를 하면서 강도는 주위의 기척을 살폈다.

광범위하게 잡지 않고 이 빌라 안에서 일어나는 기척만을 감지했다.

'음?'

그런데 사람의 기척은 세 명뿐이다.

강도 자신과 김항아, 그리고 최 매니저다.

그리고 네 개의 기척이 더 느껴지는데 그것들에게서는 이상한 기운이 감지됐다.

'요기(妖氣).'

무림에 있을 때 느꼈던 요기와 비슷했다.

그렇지만 다르다.

무림의 요기는 기운이 강한 편인데 이건 힘이 강하게 느껴지고 있다.

이 집에는 강도와 김항아, 최 매니저를 제외하면 메이드뿐인데 네 개의 요기가 감지되고 있다.

메이드가 사람으로 감지되지 않는 것은 그녀가 요기를 발출하고 있기 때문이다.

즉, 메이드는 요족이다.

슥―

강도는 김항아가 마시고 있는 찻잔을 뺏듯이 손에 쥐고 한 모금 마셨다.

후룩…….

무공이 화경에 도달한 강도는 만독불침의 몸이라서 세상에서 가장 지독한 극독이라고 해도 그에게 아무런 해를 입히지 못한다.

그런데 강도가 마신 김항아의 차에서는 뜻밖에도 독이 느껴지지 않았다.

'차에 요력(妖力)이 들어 있다.'

요기는 요족의 기운이고, 요력은 말 그대로 요족의 힘이다.

그걸 먹는다면 보통 사람도 점차 요족이 되어갈 것이다.

누군가 김항아가 마시는 차에 요력을 넣었다면 그녀를 요족으로 만들려는 수작이 분명하다.

"매일 24시간 근무는 곤란합니다."

강도는 손을 저어 김항아가 차를 마시는 것을 제지했다.

"왜죠? 이유를 말해봐요."

두 사람은 평범한 대화를 계속 나누었다.

강도는 손을 뻗어 김항아의 손을 잡고 손목의 맥을 짚어보았다.

맥을 짚자마자 강도의 손가락 끝에서 요기가 넘실거렸다.

김항아는 요력에 중독된 상태다.

이미 요력이 70%나 그녀의 몸 안에 들어차 있다.

강도가 아는 바로는 그 정도면 그녀는 거의 요족이 되었다고 봐도 지나친 말이 아니다.

단지 30%의 인간의 기운이 가까스로 저항하고 있는 형편인 것이다.

강도는 김항아의 손목을 놓았다.

[지금부터 내가 묻는 말에 고개를 끄떡이거나 가로저어서 대답하십시오.]

김항아는 의아한 표정으로 그를 바라보았다.

[이유 없이 몸이 찌뿌듯하고 불면증에 시달리면서 악몽을 꾸고 눈이 잘 충혈됩니까?]

김항아는 깜짝 놀라서 눈을 크게 뜨더니 곧 고개를 힘차게 끄떡였다.

"그걸……"

놀라서 말을 하려는 그녀 입을 강도가 재빨리 손을 뻗어서 막았다.

[깨어 있어도 망상에 시달리고 마음이 불안, 초조하며 알 수 없는 공포를 느낍니까?]

강도는 무림에서 요기에 중독된 사람의 증상을 얘기했다.

김항아는 크게 놀라는 표정을 지으며 고개가 부러질 정도로 힘껏 끄떡였다.

또 다른 증상을 물으면 그녀가 말로 대답을 해야만 하니까 곤란한 일이다.

[나하고 단둘이 외출할 수 있습니까?]

김항아가 방문 쪽을 쳐다보고 나서 고개를 끄떡이자 강도가 말했다.

[준비하십시오. 지금 나갑시다.]

강도는 김항아의 벤틀리 뉴컨티넨탈 6.0GTC를 직접 몰고 한남동 헤라하우스 그녀의 집을 나왔다.

최 매니저가 어딜 가느냐면서 자기도 따라가겠다고 난리법석을 피웠지만 강도 앞에서는 꼼짝도 못 했다.

강도는 메이드와 주방 일을 하는 중년 여자에게서 강력한 요기를 느꼈다.

하지만 나머지 두 명의 요족 모습은 헤라하우스를 나올 때까지도 발견하지 못했다.

"며칠 전에는 말이죠. 내가 목욕을 하고 있는데 욕조 속에서 누가 날 끌어안고 있는 거예요."

조수석의 김항아는 청바지에 가죽점퍼, 목에는 머플러를 감고 짙은 갈색 선글라스를 썼다.

그녀는 강도가 말을 해도 좋다고 하니까 봇물이 터지듯이 말을 쏟아냈다.

"내가 비명을 지르니까 그자가 감쪽같이 사라졌어요. 그 사실을 최 매니저에게 말했더니 신경과민이라서 헛것을 봤다는 거예요."

김항아는 오디오를 켜서 리멘시타라는 곡을 틀었다.

이탈리아 칸초네 '눈물 속에 피는 꽃'.

밀바의 애절한 목소리가 흘러나왔다.

"강도 씨도 내가 헛것을 봤다고 생각하나요?"

"아닙니다. 사실이었을 겁니다."

"그렇죠? 내가 생생하게 느꼈다니까요?"

김항아는 으스스 몸서리를 쳤다.

"욕조 안에 내가 누워 있는데 어느 순간 내가 누군가의 품 안에 안겨 있는 거예요. 그리고 그자가 내 허리와 가슴을 만지고 있었어요."

"누군지 알 것 같습니다."

"정말인가요? 그게 누구죠?"

"요괴(妖怪)입니다."

"말도 안 돼……."

강도가 자르듯이 말하자 김항아는 놀란 얼굴로 그를 쳐다보았다.

"김항아 씨 집에는 요괴들이 있습니다."

"그걸 어떻게……."

"아까 김항아 씨가 마시던 차, 그거 평소에 자주 마십니까?"

"작약차예요. 최 매니저가 권해서 마시기 시작했는데 하루에 세 잔 이상 마셔요. 그건 왜 묻는 거죠?"

"그 차에 요력이 들어 있었습니다."

"요력… 이 뭔가요?"

"요괴가 김항아 씨를 요괴로 만들기 위해서 자신들의 기운을 차에 턴 겁니다."

김항아의 얼굴이 하얗게 질렸다.

"어떻게 그런……."

"김항아 씨는 현재 70%까지 요괴화가 진행된 상태입니다. 이대로 조금 더 있으면 요괴가 돼버립니다. 그러면 다시 사람으로 환원하는 게 어렵습니다."

"아아……."

강도의 말을 전적으로 믿지 못하지만 그런 말만 들어도 김항아는 소름이 끼쳤다.

"내 말을 믿어야 합니다."

'처음 본 당신 말을 어떻게 믿으라는 거죠?'라는 말이 목구멍까지 차올랐지만 김항아는 꿀꺽 삼켰다.

처음 본 강도가 그녀의 목숨을 구했었다. 그가 아니었으면 그녀는 지금 이 자리에 있지도 못했다.

그리고 CCTV로 강도의 모습과 신원을 확인한 그녀는 그를 자신의 경호원으로 삼으려고 집으로 불렀다.

그러니까 강도가 그녀에게 접근한 것이 아니다.

현재로선 그것만은 믿을 수 있다.

그렇다면 강도를 믿어야만 한다.

이치가 그렇다.

"알겠어요. 그런데⋯⋯."

그녀는 노래 볼륨을 줄였다.

"21세기에 요괴니 뭐니 하는 건 뭔가요? 당신 말을 못 믿는 게 아니라 그런 게 존재한다는 걸 못 믿겠어요."

강도는 연수에게 들었던 현 세계의 마계와 요계에 대하여 정리해서 간단하게 설명해 주었다.

김항아의 놀라움은 컸다.

"세상에⋯ 말도 안 돼."

그녀는 설명을 듣기 전보다 더욱 그런 사실을 믿지 못하는 것 같았다.

"당신 말을 믿지 못하는 건 아니지만, 그런 만화 같은 일을 믿으라니 참 황당하군요."

강도는 그녀를 믿게 하기 위해서 무공을 조금 보여주기로 마음먹었다.

현 세계에서 절대 불가능한 일을 직접 보여줘서 그와 유사한 일을 믿게 하려는 것이다.

그러려면 도심 한복판에서는 곤란하다.

강도는 가까운 관악산으로 향했다.

관악산 아래 주차장에 벤틀리를 세운 강도는 김항아와 함께 안내 표지판 앞에 섰다.

안내 표지판에는 주차장에서 관악산 정상인 연주대까지 약 4.8㎞에 도보로 1시간 15분이 소요된다고 나왔다.

두 사람은 등산객들에 섞여서 산을 오르기 시작했다.

"산에는 왜 가는 거죠?"

"보여줄 게 있습니다."

김항아는 사람들의 시선 때문에 마스크와 야구 모자를 써서 얼굴을 가렸다.

평일인 데도 산을 오르는 등산객이 많았다.

강도는 길에서 벗어나 으슥한 숲으로 들어갔다.

"아……."

발을 헛디딘 김항아는 급히 강도의 팔을 잡았다.

"어딜 가는 거예요?"

길에서 20m 정도 벗어난 숲인 데도 숲이 우거져서 어두컴컴했고, 길에서는 두 사람이 있는 곳이 보이지 않았다.

강도는 김항아와 마주 섰다.

"나를 믿는다면 내가 하는 대로 가만히 있고, 못 믿겠다면 여기에서 돌아가십시오."

김항아는 사람들이 다니는 길 쪽을 쳐다보았다.

그녀는 강도를 쳐다보면서 말했다.

"아직 당신을 믿지는 못하지만 나한테 무엇을 보여줄 것인지 보고 싶어요."

"좀 안아도 괜찮겠습니까?"

김항아는 약간 경계하면서 고개를 끄떡였다.

"그러세요."

슥…….

강도는 왼팔을 뻗어 김항아의 허리를 안았다.

"현재 시간을 보십시오."

강도의 말에 김항아는 손목시계를 봤다.

"몇 시입니까?"

"1시 32분이에요."

"이제 초침이 12에 가서 1시 33분이 되면 시작이라고 말하십시오."

김항아는 시키는 대로 손목시계를 들여다보았다.

"시작."

슈욱!

"앗!"

순간 강도가 숲 속으로 산비탈을 달려 올라가기 시작하자 김항아는 깜짝 놀라 그에게 달라붙었다.

아까 타고 온 벤틀리보다 더 빠른 속도에 그녀는 소스라치게 놀랐다.

투웃―

그런데 강도가 이번에는 갑자기 수직으로 솟구쳤다.

"아앗!"

김항아는 소스라치게 놀라면서 두 팔로 강도의 허리를 힘껏 끌어안았다.

파아아―

강도는 숲 위로 솟구쳐서 1초도 안 되는 사이에 20m 상공까지 떠올랐다.

김항아는 눈도 뜨지 못한 채 그의 가슴에 얼굴을 묻고 비명을 질렀다.

"무슨 일이에요? 왜 이러는 거예요?"

강도는 그녀가 편한 자세를 취할 수 있도록 두 팔로 안았다.

"눈 뜨고 잘 보십시오."

슈우우―

그녀는 바람이 세차게 얼굴을 스치고, 옷자락이 찢어질 것처럼 날리는 것을 보고 망연자실했다.

"아아… 이게 뭐죠?"

그녀는 무심코 아래를 보다가 기겁했다.

"아악!"

발아래에 숲이 펼쳐져 있으며 그녀와 강도가 그 위를 로켓 같은 속도로 날아가고 있는 중이기 때문이다.

"어… 떻게 이런……."

"지금 산 위로 바람이 불고 있죠?"

"그… 런가요?"

"우린 그 바람을 타고 산 정상으로 날아가는 겁니다."

"아아……."

김항아는 단풍이 물들기 시작하는 숲을 내려다보면서 탄성을 토해냈다.

"이건 말도 안 돼… 아아……."

숲과 등산로에 사람들이 오르고 있는 광경이 장난감처럼 조그맣게 보였다.

스읏―

그때 갑자기 아래로 쑤욱 하강하는가 싶더니 강도는 어느 절의 대웅전 지붕에 새털처럼 살짝 내려섰다.

"시계 보십시오."

"아아……."

김항아는 정신이 반쯤 나간 표정으로 손목시계를 봤다.

1시 33분 15초를 막 지나고 있다.

"여긴 관악산 정상에 있는 연주암입니다."

강도의 말을 들으면서 김항아는 절 마당을 오가는 사람들의 모습을 굽어보았다.

'말도 안 돼. 산 아래의 주차장에서 정상까지 오는 데 겨우

15초 걸렸어…….'

그녀는 조금 전 벤틀리를 주차한 주차장의 안내 표지판에서 정상까지 4.8km에 걸어서 1시간 15분 걸린다는 안내문을 읽었다.

그런데 그걸 불과 15초에 온 것이다.

그것도 새처럼 하늘을 날아서 말이다.

"당신……."

그녀가 눈을 휘둥그렇게 뜨고 강도를 바라보자 그는 사람들이 없는 뒤쪽 마당으로 훌쩍 뛰어내렸다.

강도는 김항아를 조심스럽게 땅에 내려주었다.

"당신, 사람 아닌가요?"

김항아의 눈에는 강도가 사람으로 보이지 않았다.

"사람입니다."

"방금 전에 어떻게 한 거죠? 어떻게 인간이 하늘을 날 수 있는 건가요?"

"어풍비행(馭風飛行)이라는 겁니다. 몸을 가볍게 해서 바람을 타고 하늘을 나는 원리입니다."

"세상에… 그게 가능해요?"

"못 봤습니까? 다시 한 번 할까요?"

김항아는 마구 손사래를 쳤다.

"아니, 됐어요."

그녀는 생각할수록 신기했다.

"정말 대박이에요."

그녀는 눈을 빛냈다.

"또 어떤 신기한 능력이 있죠?"

강도는 한 가지쯤 더 보여줘야겠다고 생각했다.

그는 주위를 둘러보다가 10m쯤 떨어진 곳에 산에서 흘러내리는 약수를 받아 저장하는 절구처럼 생긴 커다란 화강암을 가리켰다.

"저길 보십시오."

김항아는 강도가 가리키는 화강암을 눈도 깜빡이지 않고 주시했다.

강도는 손가락을 뻗어 화강암을 가리키며 지풍을 발출하여 빠르게 어떤 글자를 썼다.

츠으으으……

김항아가 보고 있는 중에 화강암이 푹푹 꺼지면서 무언가 새겨지고 있었다.

화강암 아래에 깎여 나간 돌가루가 떨어져서 쌓였다.

그녀는 강도의 손가락과 화강암을 번갈아 쳐다보았다.

그러고 나서 강도가 손가락을 멈추자 화강암에 새겨진 두 글자를 보고는 김항아는 눈을 동그랗게 떴다.

姮娥

김항아의 이름 '항아'가 한자로, 그것도 서예가의 멋들어진 솜씨로 새겨져 있었다.

"당신……."

김항아는 감탄 그 이상의 표정을 지으며 강도를 바라보았다.

그녀는 강도에게 가까이 다가서서 안길 듯한 자세로 그의 가슴을 쓰다듬었다.

"당신에게 할 얘기가 많아요."

"다 듣겠습니다."

강도는 요족의 요괴들이 득실거리는 빌라에서 점점 요괴화가 진행 중이었던 김항아로서는 할 얘기가 많을 거라고 짐작했다.

그때 강도는 뭔가 빠른 속도로 자신들을 향해 쏘아오고 있는 것을 감지했다.

아직 모습을 드러내지는 않았지만 그것이 길고 가느다랗고 끝이 날카롭다는 것을 간파했다.

'화살.'

스웃—

강도는 왼팔로 김항아의 허리를 안는 것과 동시에 둥실 허공으로 떠올랐다.

탁!

김항아는 자신의 발아래로 화살 하나가 스쳐지나가 대웅전

나무 기둥에 꽂힌 것을 보지 못했다.

순식간에 공중 20m까지 떠오른 강도는 화살이 발사된 곳으로 총알처럼 날아갔다.

슈욱—

제11장
요괴 출현

위아래로 붉은색의 몸에 찰싹 달라붙은 옷을 입은 여자는 두 번째 화살을 활에 먹이려다가 움찔 놀랐다.

그녀가 첫 번째 화살로 죽이려고 했던 표적이 어느새 그녀의 전방 10m 허공에 나타났다.

그 모습이 나뭇가지 사이로 보였다.

그녀는 두 번째 화살로 표적을 재빨리 겨누었다.

"아!"

그런데 10m 전방 허공에 있던 표적이 어느새 그녀의 코앞 3m까지 접근하고 있다.

투웃!

여자가 활시위를 놓는 것과 발사된 화살이 표적의 얼굴 앞에서 유리벽에 부딪친 것처럼 퉁겨지는 것은 동시에 일어났다.

강도는 여자를 당장 죽이지 않았다.

김항아에게 요족의 요괴가 어떻게 생겨먹었는지 보여준 후에 죽일 것이다.

강도는 붉은 옷을 입은 여자의 두 걸음 앞에 멈췄고, 그의 품에 안긴 김항아는 여자를 발견하더니 놀라서 눈을 동그랗게 떴다.

"미향 언니!"

여자는 김항아네 빌라에서 하녀로 일하고 있는 안미향이었다. 즉, 메이드인 것이다.

여자 안미향의 얼굴에 당황한 기색이 역력했다.

그때 강도의 전음이 김항아의 귀에 전해졌다.

[저 여자의 미간을 보십시오. 저게 요족의 표식입니다.]

안미향의 미간에는 세모꼴의 볼록 도드라진 붉은 표식이 선명했다.

인간으로 활동할 때는 나타나지 않았다가 요괴의 실체를 드러내면 나타나는 모양이다.

"아……."

김항아는 안미향이 요괴일 줄은 몰랐었기에 크게 놀랐다.

창!

"죽엇!"

그 순간 안미향이 벼락같이 오른손을 강도의 목을 향해 뻗었다.

그녀의 왼손에는 활이 쥐어져 있었지만 오른손에는 아무것도 없었다.

그런데 그녀가 오른손을 뻗는 순간 옷소매 속에서 뾰족하고 날카로운 비수가 튀어 나갔다.

"아앗!"

그걸 발견한 김항아는 찢어지는 비명을 질렀지만 강도는 우두커니 서 있었다.

어차피 조금 전 화살처럼 호신강기가 튕겨낼 거니까 그런 건 신경도 쓰지 않았다.

그런데 안미향이 강도에게 비수를 던져놓고는 냅다 뒤돌아서 도망치기 시작했다.

비수 공격은 강도를 급습하는 것과 도망치는 두 가지 효과를 노린 것이다.

"도망가요!"

김항아가 놀라서 소리치는 사이에 안미향의 모습은 울창한 숲 속으로 사라졌다.

숲이 너무 울창해서 지상에서는 10m만 멀어져도 보이지 않았다.

강도는 서두르지 않고 안주머니에서 귀매비 하나를 꺼내

버튼을 눌렀다.

찰칵—

귀매비가 펼쳐지면서 십자 모양의 표창으로 변하자 그걸 전방을 향해 슬쩍 던졌다.

쉬리링—

강도의 손을 떠난 귀매비가 잠자리 날개처럼 반짝이면서 곧 숲 속으로 모습을 감췄다.

"악!"

그리고 뒤이어 전방 숲에서 짤막한 비명 소리가 터졌다.

강도는 김항아의 허리를 안고 전방으로 미끄러지듯이 전진했다.

김항아가 아래쪽을 보니까 자신들의 두 발이 땅으로부터 30㎝ 이상 뜬 상태에서 스르르 물이 흐르는 것처럼 이동하고 있었다.

"아······."

김항아는 전방 풀숲에 엎드려 있는 안미향을 발견했다.

안미향 뒤통수에 귀매비 칼날이 깊숙하게 꽂혀 있었다.

강도가 손을 뻗자 귀매비가 쑥 뽑혀서 그의 손에 잡혔다.

그런데 피는 한 방울도 흐르지 않았다.

척!

강도는 엎드려 있는 안미향을 발로 뒤집었다.

안미향은 눈을 부릅뜨고 입을 반쯤 벌린 모습이었다.

그런데 안미향의 입 모양이 조금 전하고 달라졌다.

메기입처럼 양옆으로 쭉 찢어졌고 입술 끝에 염소수염 같은 더듬이가 양쪽에 있었다.

완전한 요괴의 모습이다.

투앗!

그 순간 반쯤 벌어져 있던 안미향의 입안에서 카멜레온의 혀 같은 것이 강도를 향해 빠르게 튀어나왔다.

사악―

"끄악!"

그럴 줄 예상하고 있던 강도가 쥐고 있던 귀매비를 가로로 긋는 손짓을 하자 안미향의 모가지가 뎅겅 잘라졌다.

"아아……."

목 위에서 머리가 분리되어 툭 떼어지는 것을 본 김항아는 얼굴이 하얘져서 바르르 떨어졌다.

사람이 현 세계에서 한평생을 사는 동안 사람이든 요괴든 목이 잘라지는 광경을 볼 수 있는 확률은 제로에 가깝다.

그런데 곱게만 자란 김항아가 1.5m 지척에서 안미향의 모가지가 잘라지는 광경을 봤으니 기절할 일이다.

강도는 안미향의 모습을 연수에게 전송해서 그녀가 요계의 무슨 등급인지 알아보려고 휴대폰을 꺼냈다.

"아……."

그때 안미향의 목이 잘라지는 광경을 보고 기절하기 직전이었던 김항아가 입을 벌렸다.

강도가 힐끗 보니까 그녀는 처절한 비명을 지르려는 게 분명했다.

관악산은 등산객이 많기로 유명한데 그녀가 비명을 지르면 사람들이 몰려들 게 뻔하다.

그런데 지금 강도는 왼팔로 그녀의 허리를 안고 있으며, 오른손에는 귀매비에 방금 휴대폰까지 꺼냈다.

방법은 하나뿐이다.

입술로 입술을 덮었다.

"……."

기절할 것처럼 놀라서 비명을 지르려던 김항아는 입이 막혀서 아무 소리도 내지 못했다.

잠시 후에 강도가 입술을 떼자 김항아는 그의 가슴을 주먹으로 때리며 차가운 표정을 지었다.

"무슨 짓이에요?"

"비명을 지를까 봐 그랬습니다. 미안합니다."

"아……."

자신이 비명을 질렀으면 어떻게 됐을지 짐작한 김항아는 더 이상 강도를 책망하지 않았다.

비명 소리를 듣고 사람들이 몰려들었다가 안미향이 목이 잘라져서 죽은 광경을 본다면 일은 걷잡을 수 없을 정도로 커져 버린다.

사정이야 어찌 됐든 그 자리에 김항아가 있다는 사실 하나만으로 대한민국, 아니, 전 세계가 발칵 뒤집힐 일이다.

　강도는 안미향의 사진을 찍어서 연수에게 전송했다.

　김항아는 조금 전에 강도를 공격하다가 실패하여 안미향의 메기 같은 입 밖으로 축 늘어져 있는 카멜레온 혀를 힐끗 보고는 몸서리를 쳤다.

　—와우! 당신 또 한 건 했네요?

　연수가 탄성을 터뜨렸다.

　"이거 요족 맞지?"

　—네. 요계 8위 우푸망이에요.

　"이것도 정혈낭 있냐?"

　"물론이죠. 카펨부아하고 같은 위치에 있는데 3천만 원이에요. 잊지 말고 꼭 챙겨요."

　"알았다."

　휴대폰 감이 좋아서 연수 목소리가 김항아에게도 선명하게 들렸다.

　—우리 오늘 언제 만나죠?

　"오늘은 바쁠 것 같다."

　—그럼 오늘 우리 섹스 안 해요?

　연수는 말하는 게 거침없다.

　하긴 그녀는 단둘이 통화하는 걸로 알 테니까 만리장성을 쌓은 사이에 가릴 게 뭐가 있을까.

강도는 하루에 한 번 섹스를 하지 않으면 연수가 죽는다고 알고 있다.

"아, 그거……."

강도는 말하다가 김항아의 얼굴이 붉어지고 눈을 사르르 내리까는 걸 보았다.

강도는 김항아가 연수의 말을 들었다고 짐작했다.

하긴 강도가 김항아와 마주 보는 자세로 허리를 안고 있어서 그녀의 몸 앞면이 그의 몸에 밀착된 상태라 연수의 말을 충분히 들을 수 있었을 거라는 생각이 그때 들었다.

"이따 전화할게."

—잘 알죠? 나 당신이 해주지 않으면 죽어요.

"알았다니까."

강도는 서둘러서 통화를 끝냈다.

'나 당신이 해주지 않으면 죽어요.'

이 상황에서 그 말은 오로지 하나의 의미로만 풀이된다.

그리고 김항아도 그렇게 알아들었다.

강도는 김항아에게 뭐라고 설명을 해야만 했다.

"그러니까 그게……."

원래 좀 뻔뻔한 성격인 강도지만 지금은 그런 걸로는 극복하기 어려운 상황이다.

그런데 김항아는 얼굴을 붉히면서도 강도가 무슨 말을 하려는지 말끄러미 바라보면서 기다리고 있다.

강도는 진지하게 말했다.

"내가 해주지 않으면 그녀가 죽습니다."

"네⋯⋯."

'나 당신이 해주지 않으면 죽어요'라는 말이나, '내가 해주지 않으면 그녀가 죽습니다'나 똑같은 말이다.

그러니까 강도의 어줍지 않은 변명은 김항아에게 더욱 확실한 오해를 만들어주었을 뿐이다.

부스럼과 오해는 건드릴수록 나빠진다는 말이 맞다.

강도는 김항아의 허리를 풀고 안미향, 아니, 요계 8위 우푸망 앞에 한쪽 무릎을 꿇고 앉아서 그녀의 바지를 벗겼다.

사타구니에 달린 정혈낭을 자르려는 것이다.

서 있는 김항아는 강도가 뭘 하는지 모르고 그저 놀라고만 있을 뿐이다.

팬티까지 벗기자 인간 여자와 똑같은, 그것도 늘씬하게 잘 빠진 하체가 드러났다.

지금 같은 상황에 강도가 김항아의 눈치나 보고 있으면 죽도 밥도 안 된다.

이럴 때는 그저 제 할 일만 묵묵히 하면 되는 것이다.

요족의 요괴들은 아주 민망한 부위에 정혈낭이라는 것을 차고 있다.

하긴 인간 남자도 음낭이라는 것을 생식기 아래에 덜렁거리고 있지 않은가.

그걸 보고 마계나 요계의 생명체들이 뭐라고 한다면 인간들도 할 말이 없기는 마찬가지다.

강도는 우푸망의 한쪽 발목을 잡고 위로 치켜 올렸다.

우푸망의 음부와 항문이 적나라하게 드러났다.

몹시 겁이 나고 초조하면서도 강도가 무엇을 하는지 두 손을 가슴에 모으고 지켜보던 김항아도 이때만큼은 질겁해서 고개를 돌리고 말았다.

"똑바로 보십시오."

그러나 김항아는 강도의 나직하고 힘 있는 말에 외면하려던 고개를 똑바로 했다.

강도는 귀매비 칼날 끝으로 정혈낭을 가리켰다.

"이게 요족 요괴의 정혈낭이라는 겁니다. 인간 남자에게서 채취한 정혈을 여기에 보관합니다."

김항아는 우푸망 안미향의 음부와 항문 사이에 달려 있는 딸기만 한 불그스름한 정혈낭을 놀란 얼굴로 바라보았다.

"아마 이 여자는 최 매니저와의 섹스를 통해서 이곳에 정혈을 저장했을 것이라고 짐작이 됩니다."

강도는 설명하면서 정혈낭을 싹둑 잘랐다.

이어서 긴 풀 하나를 뜯어 정혈낭의 끝을 단단하게 동여매고 안주머니에 넣었다.

이어서 우푸망에게 손을 뻗어 삼매진화로 시체를 흔적도 없이 태워 버렸다.

파아아…….

"김항아 씨, 잠시 살펴볼 게 있습니다."

강도가 조금 떨어져서 김항아를 머리에서 아래로 천천히 살피자 그녀는 긴장했다.

"왜 그래요?"

"방금 우푸망이 여기로 정확하게 찾아온 걸 보면 김항아 씨한테 뭔가 수작을 부려놓은 것 같습니다."

김항아는 우둔한 여자가 아니다.

"요괴들이 나한테 추적 장치 같은 걸 달아놓았을 거라는 얘기가요?"

"그렇습니다."

그때 강도는 근처에서 몇 사람이 다가오는 기척을 느꼈다.

"자리를 옮깁시다."

쿵!

"악!"

관악산 정상에서 산 아래 주차장의 벤틀리 안까지 병당간으로 순간 이동을 했는데 김항아가 짧은 비명을 질렀다.

강도는 좌표를 벤틀리 운전석으로 잡았다.

그런데 김항아와 마주 보는 자세로 그녀의 허리를 안고 있었기 때문에 벤틀리 운전석에 그대로 전송된 것이다.

즉, 강도가 앉아 있고 김항아가 마주 보면서 그의 허벅지에 두 다리를 벌리고 앉아 있는 자세다.

"아아……."

김항아는 자신들이 벤틀리 안에 있다는 사실을 깨닫고는 정신이 가출한 것처럼 놀랐다.

"이번에는 뭐죠? 어떻게 한 건가요?"

강도는 두 팔로 김항아의 허리를 안고, 그녀는 두 팔로 그의 목을 감은 자세를 풀지 않은 상태다.

"공간 이동을 한 겁니다."

"아까 어풍비행이라는 거하고는 다른 건가요?"

"그렇습니다."

"정말 당신이라는 사람은……."

"김항아 씨의 몸에 요괴들이 부착한 추적 장치가 있는지 살펴보려는데 관악산 정상은 장소가 좋지 않았습니다."

"그렇겠죠. 이제 어떻게 하면 되죠?"

강도는 조수석을 가리켰다.

"우선 저기에 앉으십시오."

"아……."

지나치게 놀란 나머지 김항아는 그제야 자신이 민망한 자세로 강도 위에 앉아 있다는 사실을 깨달았다.

강도는 연수에게 전화를 해서 추적 장치를 어떻게 찾아내는지 물어보았다.

연수는 휴대폰을 조작해서 탐지 기능으로 만든 다음, 몸에 가까이 갖다 대면 소리가 날 거라고 가르쳐 주었다.

그러면서 이따 밤에 자기네 집에서 섹스를 하자며 집 위치를 가르쳐 주었다.

띠이이…….

휴대폰이 김항아의 가슴 한가운데에서 소리를 냈다.

"추적 장치가 여기에 있다는 건가요?"

강도는 고개를 끄떡이면서 손가락 하나를 입에 대고 말하지 말라는 신호를 했다.

뒤늦게 떠오른 생각인데, 추적 장치에 어쩌면 도청 장치도 돼 있을지 모른다는 것이다.

만약 도청 장치가 돼 있다면 지금까지 일어난 일들을 그걸 부착한 요족이 다 알고 있을 것이다.

김항아는 강도가 시키지도 않았는데 가죽점퍼를 벗었다.

강도가 가죽점퍼 앞부분에 휴대폰을 대니까 아무 소리도 나지 않았다.

그렇다면 김항아가 입고 있는 블라우스나 그 안의 브래지어, 아니면 아랫도리에 추적 장치가 있다는 뜻이다.

띠이이…….

블라우스에 휴대폰을 댔더니 소리가 났다.

김항아도 블라우스나 브래지어에 추적 장치가 있을 거라는 짐작을 했다.

그녀는 강도가 아무 말도 하지 않고 가만히 있는 이유를 짐작했다.

그녀는 비단결 같은 은빛의 블라우스 단추를 위에서부터 하나씩 풀었다.

강도는 그녀의 행동을 지켜보면서 블라우스 단추를 세밀하게 살펴보았다.

단추를 다 푼 그녀는 강도 쪽을 향해 몸을 틀었다.

그러고는 블라우스 양쪽을 두 손으로 잡고 살며시 벌린 후에 두 손을 내렸다.

강도는 김항아의 얼굴을 쳐다보았다.

그녀는 시선이 마주치자 얼굴을 붉히면서 눈을 내리깔았다.

강도는 그녀의 속눈썹이 매우 길다는 생각이 들었다.

벌어진 블라우스 사이로 드러난 눈부신 하얀 살결과 브래지어 위로 언덕처럼 솟은 젖가슴을 보면서 강도는 자신도 모르게 마른침을 삼켰다.

"음."

그가 휴대폰을 양쪽으로 벌어진 블라우스에 대보려고 하는데 뜻밖에도 브래지어에서 소리가 났다.

띠이…….

김항아는 휴대폰이 자신의 브래지어 앞쪽에 멈춘 상태에서 소리가 나는 걸 굽어보았다.

강도가 자세히 보니까 브래지어 앞쪽 한가운데 호크가 있는데 거기에 뭔가 있는 것 같았다.

이 브래지어는 앞에서 푸는 것이다.

김항아가 강도를 보면서 이제 어떻게 하느냐고 묻는 듯한 표정을 지었다.

브래지어를 하고 있는 상태에서 강도가 그걸 만지면서 어떻게 할 수는 없다.

강도는 손을 내밀었다.

브래지어를 풀어서 달라는 뜻이다.

추적 장치에 도청 장치까지 있을지 모른다고 생각한 이후부터 강도는 말을 하지 않았다.

전음을 하면 되는데 거기까지는 생각이 미치지 않았다.

슥—

김항아가 창 쪽으로 돌아앉았다.

그녀는 서둘러서 브래지어를 벗어서 손에 쥐고 뒤쪽으로 내밀었다.

강도는 브래지어를 받아서 의심스러웠던 부분 즉, 호크를 살펴보았다.

브래지어에서 그윽한 향기가 났다.

처음에 김항아가 강도에게 가까이 다가섰을 때 맡았던 향기인데 아마 그녀의 살 냄새인 것 같았다.

말하자면 육향(肉香)이다.

사람의 살 냄새가 이렇게 좋다는 게 믿어지지 않았다.

이건 사람의 것이 아니라 김항아의 살 냄새다.

그녀니까 가능한 냄새, 아니, 향기다.

역시 호크 안쪽에 새끼손톱 반 정도 크기의 아주 작은 둥근 금속이 부착되어 있었다.

척!

강도는 그걸 떼어내서 손에 쥐고 차 밖으로 나갔다.

김항아는 얼른 도어록을 눌렀다.

강노는 두리번거리다가 하산하는 등산객에게 다가가서 배낭에 추적 장치를 슬쩍 붙였다.

그가 벤틀리로 돌아오자 김항아가 차 문을 열어주었다.

탁!

운전석에 다시 앉은 강도는 김항아를 쳐다보았다.

그녀는 블라우스 양쪽을 잡고 가운데로 모아 여미고 그를 바라보았다.

'이제 된 건가요?' 라고 그녀의 표정이 묻고 있었다.

강도는 브래지어를 집어서 글로브 박스 안에 넣었다.

"아직 모르니까 이건 착용하지 않는 게 좋겠습니다."

김항아는 잠자코 블라우스 단추를 채웠다.

"이제는 김항아 씨 몸속에 있는 요력을 치료해야겠습니다."

"어떻게 하는 거죠?"

김항아는 블라우스 단추를 다 채우고 강도 쪽으로 돌아앉으면서 물었다.

"나한테 한 가지 방법이 있기는 합니다."

강도의 시선이 그녀의 가슴으로 향했다.

습자지처럼 얇은 실크 블라우스가 찢어질 것처럼 부풀었으며 그 끝에 조그만 돌기가 톡 튀어나온 게 보였다.

유두다.

강도의 시선을 느낀 김항아는 자신의 가슴을 내려다보고는 그가 뭘 보고 있는지 알아챘다.

그녀는 그를 때리는 시늉을 하면서 상체를 웅크렸다.

"엉큼하긴, 애인도 있으면서……."

"애인 아닙니다."

강도의 부지중 튀어나온 말에 김항아는 차가운 표정을 지었다.

"남자들은 다 똑같군요."

강도가 변명하는 것이라고 여긴 모양이다.

강도는 자신이 쓸데없는 변명을 했다는 생각에 머리를 흔들면서 손을 뻗어 김항아의 팔을 잡았다.

"갑시다."

김항아는 어딜 가느냐고 묻지 않았다.

그녀는 다른 건 다 모르겠지만 이제 한 가지만은 분명하게 알 수 있다.

살려면 이 남자에게 꼭 붙어 있어야 한다는 사실을.

쑤우우…….

강도는 김항아를 안은 상태에서 불맹의 이동간 즉, 병당간(兵堂間)을 타고 곧장 부천 중동에 있는 자신의 임대 아파트로 이동했다.

"아아……."

김항아는 두 팔로 강도의 허리를 꼭 안고 그의 가슴에 얼굴을 묻고 있었다.

갑자기 이디론가 쑥 빨려 들어가더니 흐릿한 빛의 공간 속으로 비행하는 듯한 느낌을 받은 그녀는 놀라면서도 정신이 멍해졌다.

"도착했습니다."

조금 전 그게 뭔지도 모르는데 '도착했다'는 말에 김항아는 어리둥절했다.

"여긴 어딘가요?"

"우리 집입니다."

좀 더 정확하게 설명하자면 강도네 집 그의 방이다.

어젯밤에 수낵에 걸린 강주가 강도더러 한 번만 해달라면서 난리법석을 떨었던 흔적이 방 안에 고스란히 남아 있다.

강도에겐 그저 좀 지저분하다는 정도겠지만 공주님 같은 김항아가 봤을 때는 돼지우리도 이런 돼지우리는 처음 봤을 것이다.

"음……."

남자 혼자 사는 방이 다 그렇겠지만, 김항아는 퀴퀴한 냄새를 맡았으면서도 강도네 집이라는 말에 코를 약간 찡그리고 말았다.

"좀 앉아요."

강도가 침대를 가리키면서 앉으라고 권했으나 김항아는 누렇게 찌든 이불이 깔려 있는 지저분한 침대에 앉을 생각도 하지 않았다.

"우린 방금 전에 관악산 정상에 있었는데… 여긴 어떻게 온 거죠?"

강도는 한쪽 무릎을 꿇고서 책상 맨 아래의 서랍 자물쇠를 열었다.

철컥…….

"말하자면 아까처럼 공간 이동 같은 걸 한 겁니다."

김항아는 웬만한 일로는 놀라지 말아야 한다고 생각하면서도 자꾸만 놀랄 일이 생겼다.

강도가 서랍 안에서 절반짜리 정혈병과 주사기를 꺼내 일어서는데 김항아가 또 물었다.

"강도 씨 집은 무슨 동이죠?"

"부천입니다, 중동."

김항아는 강도가 거짓말을 하지 않는다는 걸 이제는 알기에 또다시 크게 놀랐다.

"관악산에서 부천 중동까지 오는데 1초도 걸리지 않은 것 같아요."

강도는 주사기에 정혈을 주입했다.

"굉장해요."

"어깨에 주사 맞읍시다."

방금까지 놀라고 있던 김항아가 정색을 했다.

"무슨 주사죠?"

"정혈이라는 겁니다."

"정혈이요?"

김항아는 주사기를 뚫어지게 주시했다.

그녀는 아까 안미향, 아니, 요족 8위 우푸망의 사타구니에 달려 있던 정혈낭이라는 것을 보았었다.

"무슨 효능이 있죠?"

"5cc 주사에 수명이 5년 연장되고 웬만한 병은 이거 한 방에 다 치료됩니다."

강도는 주사기의 눈금을 확인했다.

"이걸로 김항아 씨의 요력을 없애볼 겁니다."

김항아의 커다란 눈이 깜빡거렸다.

"이게 내 몸 안에 있는 70%의 요력을 없앤다는 건가요?"

"그렇습니다."

"가능한가요?"

"그럴 거라고 생각합니다."

강도는 김항아가 갈등하는 것 같아서 주사기를 거두는 시늉을 했다.

"께름칙하면 맞지 않아도 됩니다."

"이것 말고 다른 방법은 없나요?"

"현재로선 없습니다."

겁주려는 게 아니라 김항아의 의사를 존중하려는 것이다.

"해는 없나요?"

"아직까지 해는 없는 것으로 알고 있습니다."

김항아는 침대에 가만히 앉았다.

이제는 침대가 더러운 게 문제가 아니다.

"5cc에 수명이 5년 연장된다면 1cc에 1년이군요. 그게 사실이라면 엄청난 일이에요. 그런데 어째서 사람들이 모르고 있는 거죠?"

"알고 있는 사람들도 있습니다."

김항아는 깜짝 놀랐다.

"그래요? 그럼 이 정혈이라는 걸 파는 건가요?"

"팔기도 하는데 워낙 귀합니다. 수요는 많은데 공급이 전혀 안 됩니다."

많이 놀랐을 테고 정신이 없을 텐데도 김항아는 꽤 차분하게 이것저것 따졌다.

"그럼 비싸겠군요. 얼마죠?"

"1cc에 1억 원입니다."

김항아의 눈이 또 커졌다.

"그걸 5cc나 나한테 맞히려는 건가요?"

"그렇습니다."

"내가 돈을 주겠다고 하지도 않았잖아요?"

"받을 생각 없습니다."

"당신, 도대체……."

김항아는 방 안을 둘러보고 나서 말했다.

"이런 집에 살면서도 5억 원씩이나 하는 비싼 걸 한 푼도 받지 않고 놔주겠다니……."

강도는 참을성 있게 기다렸다.

"이제 보니까 당신은 돈 벌려고 경호원 일을 하는 게 아니로군요?"

"그렇습니다."

경호원은 부업이다.

강도의 본업은 마계와 요계를 때려잡아서 돈을 버는 일이다.

김항아는 강도를 빤히 주시했다.

"그럼 날 구하러 온 건가요?"

"일부러 그런 건 아닌데 일이 그렇게 됐습니다."

"그러면……."

"김항아 씨."

강도의 목소리가 딱딱해졌다.

"주사 맞기 싫습니까?"

그는 질질 끄는 건 딱 질색이다.

상대가 김항아 아니라 대통령이라도 질질 끄는 건 참지 못한다.

김항아는 강도를 바라보다가 고개를 끄떡였다.

"맞겠어요."

그녀는 희고 긴 손가락 하나를 세웠다.

"그 대신 돈을 지불하겠어요."

그녀는 연예계에서 알아주는 고집불통이다.

그리고 재벌 소리를 들을 정도로 부자다.

"5cc에 5억 원이라고 했죠? 돈을 안 받겠다면 나도 주사를 맞지 않겠어요."

주겠다는 돈을 그것도 5억 원씩이나 받지 않겠다고 할 이유가 없다.

그렇지만 강도는 김항아가 고집이 세다는 느낌을 받았다.

그걸 꺾어놓지 않으면 앞으로 경호하는 데 애로 사항이 많을 것 같다는 생각이 들었다.

그래서 5억 원짜리 고집 꺾기 작전에 돌입했다.

1조 4천 7백억 원이나 있는데 그깟 5억 원 있으나 마나다.

"나는 돈을 받지 않겠다고 했습니다."

"나는 줄 거예요."

김항아가 고집을 부렸다.

"그렇다면 맞지 마십시오."

강도가 주사기 바늘에 마개를 씌우는 걸 보고 김항아는 깜짝 놀랐다.

그녀는 설마 강도가 이렇게 나올 줄은 예상하지 못했다.

"차 있는 곳으로 갑시다."

그러면서 병당간을 요청하려다가 열려 있는 책상 맨 아래의 서랍 안에 정혈병들이 수북한 것을 내려다보았다.

중요한 정혈병을 이렇게 아무렇게나 보관하는 건 좋지 않다는 생각이 들었다.

연수가 강도의 집을 알고 있다면 불맹에서도 알고 있다고 봐야 한다.

불맹이 언제라도 강도의 집을 뒤진다면 정혈병을 발견할 것이고, 그러면 낭패다.

정혈병 49개는 1조 4천 7백억 원이라는 거액보다도 더 중요하게 쓰일지 모른다.

척!

"잠깐 나가 있어요."

"아……."

강도는 방문을 열고 김항아의 등을 문밖으로 떠밀었다.

그는 방문을 닫고 나서 보스턴백에 정혈병 49개를 주워 담고 방 밖으로 나갔다.

김항아는 15평짜리 임대 아파트 주방 앞에 서서 실내를 둘러보며 놀라는 표정을 지었다.

"이런 데서 사람이 살아요?"

강도는 씁쓸한 표정을 지었다.

문득 김항아네 한남동 헤라하우스 빌라가 생각났다.

"그렇습니다."

그녀는 어이없는 표정을 지었다.

"그러면서 5억 원짜리 주사를 나한테 공짜로 놔주겠다는
건가요?"

강도는 기분이 나빠지려고 그랬다.

"그만하십시오."

김항아는 그런 강도를 보면서 입가에 미소를 지었다.

강도 역시 감정에 휘둘리는 똑같은 사람이라는 생각에 갑
자기 흥미가 생겼다.

"이 집 얼마나 하죠?"

김항아가 강도의 자존심에 흠을 내기 시작했다.

키가 머리 하나는 더 큰 강도는 정색을 하고 그녀를 내려다
보았다.

"한 대 맞고 싶습니까?"

이날까지 살아오면서 김항아에게 이런 식으로 말한 사람은
아무도 없었다.

"날 때릴 건가요?"

"시험해 보고 싶습니까?"

두 사람 사이에 팽팽한 기운이 돌았다.

철커······.

일촉즉발의 순간에 현관문 밖에서 누가 열쇠 구멍에 열쇠를 꽂는 소리가 들렸다.

"누가 왔나 봐요."

김항아가 놀라서 현관문을 쳐다보았다.

강도는 아차 싶었다.

강주가 알바를 하지 않았으면 지금쯤 집에 올 수도 있기 때문이다.

그는 재빨리 휴대폰을 꺼내 벤틀리가 있는 주차장의 좌표를 입력하고 병당간을 요청하면서 한 팔로 김항아의 어깨를 감싸 안았다.

척!

그때 현관문이 열리면서 예상대로 강주가 들어섰다.

"어?"

등 뒤로 현관문을 닫던 강주가 강도와 김항아를 발견하고는 소스라치게 놀라는 표정을 지었다.

"어······?"

더구나 강도가 팔로 김항아의 어깨를 감싸고 있다.

연예계에 대해서 캄캄한 강도하고는 달리 강주는 빠꼼이라서 김항아를 한눈에 알아보았다.

"김항아······."

"안녕하세요?"

강주가 강도하고 아는 사이라고 판단한 김항아는 생긋 미소 지으며 인사를 했다.

"김… 항아 씨, 맞죠?"

"그래요."

김항아는 강주가 강도의 애인이며 두 사람이 동거를 하고 있는 거라고 생각했다.

섹스를 해주지 않으면 죽는다는 바로 그 애인 말이다.

강주가 김항아를 본 것은 예상하지 못했던 일이다.

더구나 김항아가 강도네 집에 있으며, 그가 김항아의 어깨를 감싸고 있는 모습을 봤으니까 앞으로 오해의 소지가 생길 게 뻔하다.

강도는 가타부타 아무 말 없이 팔로 김항아의 어깨를 감싸고 현관문을 밀었다.

"강도야!"

뒤에서 강주가 급히 불렀다.

"오빠!"

돈을 줘야 나오는 '오빠' 소리가 다급하니까 저절로 나왔다.

쿵!

강도는 현관문을 닫자마자 병당간을 작동했다.

스우우…….

강주는 급히 현관문을 열어젖히면서 달려 나왔다.

그렇지만 강도와 김항아의 모습은 어디에도 보이지 않았다.

벤틀리로 돌아온 강도와 김항아는 한남동 헤라하우스로 향하고 있었다.

강도는 부천 집을 나선 이후 한마디도 하지 않았다.

김항아의 고집을 꺾기 위해서 칼을 뽑았으니까 끝장을 볼 생각이다.

김항아가 바보가 아니라면 자신이 얼마나 위험한 상황인지 인식했을 테니까 주사를 맞을 것이다.

인간이란 한 번 나약한 모습을 보인 상대에겐 계속 그렇게 한다.

특히 여자는 고집이든 순결이든 뭐든 일단 꺾이면 얌전해지는 법이다.

김항아는 자신에게 일어난, 그리고 일어나고 있는 엄청난 사건 때문에 마음이 황폐해져서 정신이 하나도 없다.

강도의 말에 의하면 그녀의 몸속에는 요괴의 요력이 70%나 차지하고 있다고 했다.

그게 100%가 되면 그녀는 요괴가 되고 다시 인간으로 환원하는 것이 어려워진다고도 했다.

그리고 지금 그녀는 요괴들이 득실거리는 자신의 빌라로 가고 있는 중이다.

그런데 이런 거짓말 같은 일을 그녀는 믿을 수밖에 없다.

강도의 놀라운 능력을 봤고, 그녀의 하녀인 안미향이 요괴 우푸망으로 변해서 강도를 죽이려다가 외려 죽음을 당하는 광경을 눈앞에서 똑똑히 목격했기 때문이다.

이건 꿈이 아니라 냉엄한 현실이다.

어째서 이런 일이 나한테 일어났을까, 하고 한탄하는 것은 전혀 도움이 되지 않는다.

빌라가 가까워질수록 김항아는 초조함이 더했다.

그녀는 강도를 쳐다보았다.

강도는 굳은 얼굴로 전방을 응시한 채 운전만 하고 있었다.

김항아가 보기에 이 남자의 고집은 강철 같았다.

그녀가 5억 원을 주겠다고 하면 이 남자는 죽어도 정혈을 뇌주지 않을 것이라는 생각이 들었다.

이 사람은 돈으로 어떻게 할 수 있는 남자가 아니다.

세상에 돈을 마다하는 남자를 김항아는 처음 보았다.

'쓸데없이……'

이제 믿을 사람은 이 남자 하나뿐인데 괜한 고집을 부리고 있다는 생각이 들었다.

그래도 얄밉다.

강도는 지금 그녀가 어떤 처지인지 누구보다 잘 알고 있는 유일한 사람이다.

그런데도 주사를 뇌주지 않으면 않았지 끝까지 돈을 받지 않으려고 한다.

그녀가 요괴가 되든 말든 자기는 아쉬운 게 없다는 태도다.

아니, 사실이 그렇다.

김항아가 요괴가 되든지 말든지 강도는 상관이 없다.

그녀가 옆얼굴이 뚫어질 정도로 빤히 쏘아보고 있는 데도 강도는 앞만 주시하면서 운전을 하고 있다.

그래서 더 얄미웠다.

김항아는 이쯤에서 고집을 꺾어야 한다고 생각하면서도 자기를 꼭 이기려고 드는 강도가 얄미워서 죽을 지경이다.

"후우……."

긴 한숨을 내쉬고 나서 다시 생각해 보니까 강도는 그녀가 생각하고 있는 것보다 훨씬 더 대단한 사람이다.

강도는 그녀의 목숨을 한 번 구해주었는데 지금 두 번째로 구해주고 있다.

아니, 이번 것은 목숨이 문제가 아니다.

그녀가 요괴가 된다면…….

상상하는 것만으로도 소름이 쫙 끼쳤다.

"알았어요. 주사 놔주세요."

김항아가 말하자 강도는 그녀를 쳐다보지도 않고 차를 길가에 세웠다.

강도가 안주머니에서 주사기를 꺼내는 걸 보고 김항아는 가죽점퍼를 벗었다.

어깨에 맞아야 하기 때문에 그녀는 블라우스 단추 몇 개를 풀고 왼쪽 어깨를 내밀면서 블라우스를 끌어내렸다.

티 한 점 없이 희고 뽀얀 동그란 어깨가 드러났다.

그리고 어깨 너머 조금 아래쪽에 달덩이처럼 둥글고 풍만한 유방이 숨어 있다가 강도에게 들켰다.

아까 얇은 블라우스를 뚫고 나올 것처럼 도드라졌던 유두가 이번에는 제대로 보였다.

고개를 돌리고 주사 놓기를 기다리던 김항아는 강도를 바라보다가 짙은 눈썹을 찡그렸다.

"주사 안 놔줄 거예요?"

"어……."

"엉큼하게 뭘 보는 거예요?"

그녀는 너무 풍만해서 잘 여며지지 않는 가슴을 여미려고 애쓰면서 어깨만 드러냈다.

강도는 어색한 미소를 지었다.

"그냥 눈에 띄어서……."

"뭐가요?"

"젖꼭지가……."

김항아는 부끄러워서 얼굴을 확 붉히며 차갑게 강도를 쏘아보았다.

"관람료 5억 원이에요."

"억지입니다."

김항아는 발끈했다.

"세상에 어떤 남자가 내 젖꼭지를 봤겠어요?"

그녀는 자기 입으로 '젖꼭지'라고 말해놓고 얼굴이 화끈 달아올랐다.

"유두… 말이에요."

그렇지만 '젖꼭지'나 '유두'나 말로 하든 듣는 거든 거기서 거기 비슷한 느낌이다.

강도는 젖꼭지 한번 봤다고 관람료가 5억 원이라는 말에 어이가 없어서 그녀를 물끄러미 쳐다보았다.

더구나 유두를 보려고 본 게 아니다.

주사를 놓으려고 하는데 어깨 너머에 그게 있어서 그냥 눈에 띈 것이다.

강도는 그녀의 어깨에 주사기를 가져가며 싱긋 웃었다.

"설마 그걸 아무도 안 봤겠습니까?"

"남자는 본 사람 없다니까요?"

"네. 그렇다고 해두죠."

"아니, 이 아저씨가?"

주사기를 찌르려고 하는데 김항아가 몸을 틀었다.

"내가 이런 말까지 해야 되는 거예요?"

"무슨 말이요?"

"나 아직 남자 경험 없어요."

그렇게 말하고 귀까지 빨개지는 김항아를 보면서 강도는 눈을 껌뻑거렸다.

"아… 네."

젖꼭지 한번 봤다가 얘기가 이상한 쪽으로 흘렀다.

"그러니까 정혈 값 5억 원 관람료로 퉁 친 거예요."

"그럽시다."

강도는 더 이상 그녀와 입씨름하기 싫었다.

어쨌든 김항아의 고집은 꺾었으니까 이제 그녀에게 작은 명분을 세워주는 아량쯤은 베풀어도 괜찮다.

주사 바늘이 어깨를 찌르려는데 또 김항아가 또 상체를 슬쩍 뒤로 뺐다.

"소독 안 해요?"

강도는 손가락에 침을 묻혀서 어깨에 문질렀다.

"아유… 더럽게… 아야!"

김항아가 얼굴을 찌푸릴 때 냅다 주사 바늘을 어깨에 찔러버렸다.

"침이 소독약이에요?"

"침을 바르면 다 됩니다."

"뭐가 다 돼요?"

"여자한테는 남자 침이 특효입니다."

남자한테 침을 발라진 경험이 없는 김항아는 입술을 삐죽거렸다.

"아주 순 엉터리……."

김항아가 눈을 흘기자 강도는 못 본 체 주사 바늘을 빼서 한쪽에 놔두었다.

"뒤돌아요."

"왜요?"

"토 달지 마십시오."

"흥!"

김항아는 코가 떨어질 것처럼 코웃음을 치고는 돌아앉아서 강도에게 등을 보였다.

강도는 김항아의 등 한복판 명문혈에 커다란 손바닥을 펴서 밀착시키고 부드러운 진기를 주입했다.

"아……."

김항아는 갑자기 몸을 움찔 떨었다.

등 한복판으로 매우 신선하고 따스한 기운이 파도처럼 밀려 들어왔기 때문이다.

그러면서 그동안 온몸이 나른하고 찌뿌듯하며 항상 피곤했던 기운이 말끔하게 사라지는 것을 느꼈다.

뿐만 아니라 그렇게 무겁던 몸이 새털처럼 가벼워져서 양손으로 날갯짓을 하면 훨훨 날아갈 것만 같았다.

이렇게 상쾌한 기분은 태어나서 처음이다.

"우욱……."

김항아가 갑자기 움찔거렸다.

그러더니 조수석 문을 열고는 밖에다 냅다 토했다.

"웨액!"

그녀의 입에서 검붉은 액체 덩어리 한 움큼이 토해져서 차 밖 도로에 철퍽 붙었다.

그런데 콜타르 같은 그것이 맹렬하게 도로를 태우면서 안으로 파고드는 것이 아닌가.

치치이이……

김항아는 그 광경을 보면서 경악했다.

그녀는 자신이 방금 토한 것이 몸속에 쌓여 있던 요력이라고 짐작했다.

아스팔트 도로가 얼마나 단단한데 그녀의 입에서 나온 액체 즉, 요력이 그걸 태우고, 아니, 녹이고 있으니 놀랄 정도가 아니다.

금세 도로 가장자리에는 구멍이 뻥 뚫렸다.

그러면서도 깊은 구멍 안쪽에서 계속 치이이… 하는 소리가 흘러나왔다.

도로 깊은 곳을 계속 녹이고 있는 것이다.

지나는 사람들의 시선을 느낀 김항아는 급히 문을 닫았다.

"아아… 저게 요력이에요?"

그녀는 정신이 하나도 없어서 강도를 보며 물었다.

강도는 김항아 입가에 묻은 검붉은 요력 찌꺼기를 손으로 닦아주었다.

"그럴 겁니다."

저런 걸 자신의 몸속에 담고 있었다는 생각에 김항아는 소름이 오싹 끼쳤다.

"고마워요… 강도 씨 아니었으면 나는……."

그녀는 강도를 바라보면서 눈물을 흘렸다.

"앞으로 강도 씨의 말이라면 다 들을게요. 맹세해요."

한남동 헤라하우스 주차장에서 강도는 스페셜솔저 사장 차동철을 호출했다.

"동철아, 처리조 데리고 지금 즉시 이리 와라."

-알았습니다, 형님.

이어서 강도는 김항아를 데리고 B동 3층 그녀의 빌라로 올라갔다.

엘리베이터 안에서 김항아가 강도에게 속삭였다.

"어떻게 할 거예요?"

"내 옆에 붙어 있어요."

김항아는 더 작게 속삭였다.

"빌라에 미향 언니 같은 요괴가 얼마나 더 있는 건가요?"

"현재로는 셋입니다."

"최 매니저는요?"

"요괴화가 진행 중이거나 이미 요괴가 되었을 겁니다."

"그럼… 최 매니저도 죽일 건가요?"

"두고 봅시다."

띠로링~

바흐의 토카타와 푸가 음률과 함께 엘리베이터가 정지하더니 곧 문이 열렸다.

슥―

강도는 김항아를 자신의 뒤에 서게 하고 먼저 내렸다.

그 순간, 그가 가장 먼저 감지한 것이 있다.

'요괴들이 득실거린다.'

3명이 아니라 최소한 10명 이상이다.

그리고 또 하나가 더 있다.

강도가 엘리베이터에서 밖으로 한 걸음 내디딘 순간, 양쪽에서 날카로운 소리가 터졌다.

쐐애액!

엘리베이터가 올라오는 걸 알고 문 양쪽에 대기하고 있다가 급습을 가한 것이다.

강도 뒤에 바싹 붙어서 나오며 좌우를 두리번거리던 김항아는 왼쪽에서 누군가 번쩍이는 긴 칼을 휘두르면서 공격하는 것을 발견하고 기겁했다.

"악!"

강도는 쳐다보지도 않고 양손을 양쪽으로 뻗었다.

퍼퍽!

비명도 없다.

강도의 손에서 발출된 강기가 양쪽에서 공격하던 두 명의 요괴 머리를 산산조각 내버렸다.

철컹… 쿠쿵!

건장한 체구의 남자로 보이는 요괴 둘과 그들이 지니고 있던 무기가 바닥에 나뒹굴었다.

저만치 주방에서 아줌마가 바들바들 떨면서 김항아를 바라보며 눈물을 흘렸다.

"아가씨… 무서워요……."

강도가 슬쩍 손을 뻗자 무형의 강기가 뿜어져서 질질 울고 있는 주방 아줌마의 머리통을 박살 냈다.

퍽!

"아앗!"

김항아는 주방 아줌마의 머리가 터져서 살과 뼈와 뇌수가 사방으로 튀는 걸 보며 비명을 질렀다.

그러나 머리를 잃고 쓰러진 주방 아줌마의 손에 이상하게 생긴 칼이 쥐어져 있는 걸 보고 질겁했다.

주방 아줌마도 요괴였다.

강도는 천천히 걸었고 김항아가 그의 점퍼 옷자락을 잡고 잔뜩 겁먹은 얼굴로 뒤따랐다.

'12명이나 되는군.'

엘리베이터에서 내리면서 2명을 죽였고, 주방 아줌마까지 3명을 죽였는데 12명이나 더 있다.

아니, 그중에 하나는 요괴면서도 인간의 기운이 조금 느껴지고 있다.

최 매니저다.

구석에서 기척이 감지되는 것으로 봐서 어디 화장실 같은 곳에 숨어 있는 모양이다.

안미향이 강도를 죽이러 관악산에 온 사이에 이곳에 요괴들이 보충된 게 틀림없다.

이렇게 대대적인 환영식을 준비한 것으로 봐서는 강도를 평범한 경호원이 아니라고 판단한 게 분명하다.

"끼아악!"

쇠붙이로 유리를 긁는 듯한 듣기 거북한 괴성과 함께 전방의 계단 뒤쪽에서 4명의 요괴가 칼과 창 따위를 휘두르면서 저돌적으로 덮쳐왔다.

모두 남자 요괴다.

귀가 뾰족하고 눈이 지나칠 정도로 동그랗게 크고 불그스름하며 체구가 매우 크고 하체가 길었다.

강도는 그들을 향해 오른손을 뻗으면서 낮게 외쳤다.

"파멸도!"

찰나지간에 그의 오른손에 파멸도가 잡혔다.

성―

파멸도가 번쩍 도광을 뿜으며 그어졌다.

그것은 마치 강도가 납작한 플래시 불빛을 왼쪽에서 오른쪽으로 빠르게 비춘 것 같은 광경이다.

"캐액!"

"끄윽!"

덮쳐오던 4명의 남자 요괴가 하나같이 모가지가 잘라지며 답답한 비명을 터뜨렸다.

맨손과 무기의 차이는 이런 것이다.

맨손은 적들을 일일이 상대해야 하니까 번거롭지만 무기는 말 그대로 단칼에 요절을 낼 수 있다.

모가지가 잘라져서 바닥에 흩어져 있는 요괴들은 손가락이 세 개뿐이다.

필럭—

창문 쪽 커튼이 펄럭이면서 커튼 뒤에 숨어 있던 요괴 2명이 덮쳐오면서 창을 던졌다.

쉬익!

그와 동시에 천장에 붙어 있던 2명과 이 층 난간에서 3명이 강도와 김항아를 향해 몸을 날리면서 공격했다.

도합 7명이 일곱 방향에서의 파상공격이다.

정상적인 인간의 능력으로는 한 번에 한 명의 적을 상대할 수 있다.

최소한 한쪽 방향에서 공격해 오면 3~4명쯤은 그럭저럭 대처할 수가 있다.

지금처럼 세 방향에서 7명이 동시에 공격을 해오면 방어할 방법이 없다.

하지만 그건 인간일 경우의 얘기다.

강도는 절대신군이다.

츠파앗—

파멸도로 단 한 차례 원을 그음으로써 7명의 목을 한순간에 다 잘라 버렸다.

쿠쿠쿵… 쿵쿵!

7명이 우르르 바닥에 나뒹굴고 그들의 몸뚱이에서 잘라진 머리통들이 초구로 흐트러뜨린 당구공들처럼 사방으로 데구루루 흩어졌다.

강도가 이제 한 놈 남았다고 생각할 때 반원으로 휘어진 곡선의 계단을 천천히 내려오는 한 사람이 있다.

또각또각……

그는 여자다.

용모로는 김항아에 못 미치지만 짧은 치마의 투피스 정장을 입은 늘씬한 몸매에 걸을 때마다 물결처럼 출렁거리는 풍만한 가슴의 소유자다.

계단을 다 내려온 그녀는 강도 앞으로 하이힐을 울리며 또각또각 걸어와서 세 걸음 앞에 멈췄다.

"이것 봐요."

"뭘 봐."

강도가 딱딱하게 대답하니까 여자는 순간적으로 할 말을 잃은 듯했다.

"당신 누구죠?"

여자의 이마 한가운데 붉은 별 모양이 도드라졌다.

요괴의 표식은 강도가 운공조식을 한 직후거나 공력이 있는 상태에서만 눈에 보인다.

이마의 표식으로 봐서는 카펨부아인 것 같다.

원래 요계 8위 우푸망이 김항아를 담당했었는데 이번에 강도가 와서 난리를 치는 바람에 요계 5위 카펨부아가 직접 나선 모양이다.

"알 필요 없다."

"어디 소속이죠?"

여자 카펨부아는 강도가 무시하는 것을 신경 쓰지 않았다.

"할 말이 뭐냐?"

"나하고 거래하지 않을래요?"

"거래?"

강도는 어이없는 표정을 지었다.

"너 카펨부아지?"

여자는 배시시 미소 지었다.

"카펨부아를 본 적이 있었다면 당신은 최소한 삼맹의 상삼당이겠군요?"

"그렇게 보이느냐?"

여자는 눈을 좁혔다.

"방금 전에 전개한 당신 실력을 보니까 최고 전사인 무당보다 고강했어요."

그녀는 관찰하듯 강도를 바라보았다.

"나는 여태껏 삼맹 통틀어서 당신처럼 고강한 전사를 본 적이 없……."

거기까지 말하던 그녀는 무슨 생각이 떠올랐는지 무지하게 놀라는 표정을 지었다.

"설마 당신……."

여자는 눈을 깜빡거렸다.

"인간들 중에서 제일 강하다는 절대신군인가요?"

강도는 건조하게 중얼거렸다.

"이번에도 본론을 말하지 않으면 목을 자르겠다."

여자는 움찔 몸을 떨었다.

그녀는 강도가 긍정도, 부정도 하지 않는 것을 긍정이라고 판단했다.

그래서 그녀는 조금 전에 즉흥적으로 떠올렸던 생각을 조금 더 발전시켜서 결행하기로 다짐했다.

"절 부하로 삼지 않으실래요?"

그녀는 강도와 거래를 하려고 했는데 그가 절대신군이라면 거래 같은 건 언감생심 꿈도 꾸지 못하고, 부하가 되겠다고 하면 거두어줄지 모른다고 생각했다.

"부하?"

강도로서는 전혀 예상하지 못했던 제안이다.

여자 카펨부아의 이름은 얏코라고 했다.

아니, 그녀는 카펨부아가 아니라 그보다 한 단계 더 높은 요계 4위 말라칼이라고 했다.

카펨부아는 이마에 붉은 세모꼴이 있고 뱀의 혀를 지녔지만 말라칼은 단지 별 모양만 있다는 것이다.

그녀는 강도가 시키지도 않았는데 화장실에 숨어 있는 최 매니저를 잡아서 끌고 왔다.

그래도 강도는 아직 말라칼 얏코를 부하로 거둔다는 말을 하지 않았다.

강도와 김항아는 일 층 창가 소파에 나란히 앉아 있다.

김항아는 지금 이곳에서 벌어지고 있는 일들이 너무 무서워서 강도 곁에서 절대로 떠나지 않고 꼭 붙어 있었다.

그러면서 그녀는 자신의 눈앞에서 벌어지고 있는 일들을 하나도 빼놓지 않으려는 듯 두 눈을 똑바로 뜨고 지켜보았다.

"이놈, 죽일까요?"

얏코가 소파 옆 바닥에 무릎을 꿇고 있는 최 매니저 옆에 서서 냉정한 목소리로 말했다.

얏코에게 혈도가 제압됐지만 말은 할 수 있는 최 매니저는 소나기처럼 눈물을 흘리면서 애걸했다.

"으흐흐흑……! 제발 목숨만 살려주시쇼… 잉? 나가 시방 집에 샥시허고 아그들이 기다리고 있응께… 으흐흑……!"

그의 입에서 남도 사투리가 와르르 쏟아졌다.

그러더니 최 매니저가 갑자기 입을 다물었다.

김항아와 얏코가 쳐다보니까 최 매니저는 눈을 감더니 스르르 옆으로 쓰러졌다.

강도가 혼혈을 짚어서 기절시킨 것이다.

강도쯤 되는 초절고수는 구태여 지풍 같은 것을 발출하지 않아도 된다.

그저 마음만 먹으면 몸에서 심지(心指) 혹은 심력(心力)이라는 것이 뿜어져서 웬만한 일쯤은 척척 해낸다.

그걸 보고 말라칼 얏코는 그가 절대신군이 분명할 것이라고 믿었다.

"거기 앉아라."

강도가 소파 앞쪽을 턱으로 가리키자 얏코는 재빨리 맞은편 소파에 궁둥이를 붙였다.

강도는 꼿꼿한 자세로 앉아서 얏코를 응시했다.

"내가 널 부하로 둬서 얻는 게 뭐지?"

얏코 역시 상체를 꼿꼿하게 세우고 두 손을 앞으로 모아 최대한 공손한 자세를 취했다.

"저를 스파이로 삼으세요."

그건 괜찮다.

요계 4위 말라칼 정도를 스파이로 삼는다면 예상 외로 얻는 게 많을 것이다.

"널 살려주는 조건이냐?"

"그건 아니에요."

얏코는 고개를 가로저었다.

"다른 조건이 있는 거냐?"

"있어요."

강도는 흐릿하게 미소 지었다.

"겁이 없구나."

"당신이 내 부하들을 몰살시키는 걸 보면서 사실 저는 목숨을 포기했었어요."

얏코는 강도를 똑바로 바라보았다.

"그런데 당신이 그분이라는 사실을 아는 순간 생각이 바뀌었어요."

"어째서?"

"당신이 그분이 분명하다면, 마계와 요계는 언젠가 멸망하고 말 테니까요."

"그래서 내 편이 되겠다?"

"네."

강도는 허리를 쭉 폈다.

"너는 아직 조건을 말하지 않았다."

"저를 완전한 인간으로 만들어주세요."

얏코는 숨도 쉬지 않고 대답했다.

차동철이 외전사 4명을 데리고 헤라하우스에 도착했다.

"와아아… 형님, 굉장합니다……!"

차동철은 빌라 일 층 바닥에 어지럽게 죽어 있는 요괴들을 둘러보면서 탄성을 터뜨렸다.

차동철은 외전사들에게 요괴 시체들을 처리하라 지시하고 자신은 강도 맞은편 얏코 옆에 앉았다.

그는 얏코가 요계 4위 말라칼이라는 사실을 까맣게 모른 채 앉고 나서 그녀에게 살짝 고개를 숙이며 인사를 했다.

말라칼 정도의 실력이면 불맹 풍전사인 차동철을 십 초식 안에 죽일 수 있다는 자료가 있다.

그래서인지 얏코는 차동철을 거들떠보지도 않았다.

도도한 요괴다.

"진희야, 형님께 인사드려라."

차동철이 자신의 옆에 우두커니 서 있는 아담한 체구의 여자에게 손짓을 했다.

정장에 바지를 입은 여자가 강도를 쳐다보는데 차가운 얼굴에 곱지 않은 눈빛이다.

진희가 물었다.

"누굽니까?"

"형님이라니까?"

"신분이 뭐냐고요."

"어… 병팔조장이다."

차동철의 대답에 진희는 노골적으로 싸늘한 표정을 지으며 강도를 쏘아보았다.

"풍당의 사조장인 내가 병팔조장인 저치에게 먼저 인사를 하는 건 어디 법입니까?"

아담하고 가녀린 체구인 진희는 강도보다 2단계 높은 풍당의 사조장 즉, 풍사조장이다.

그러니까 오늘부터 병팔조장으로 승진한 강도에게 인사할 수 없다는 것이다.

차동철은 슬쩍 인상을 썼다.

"내 형님이라잖아. 어서 인사드려라."

"사장님의 형님이지 나한테도 형님입니까?"

진희는 정말 깐깐했다.

"너 정말……."

차동철은 강도에게 꾸벅 고개를 숙였다.

"형님, 죄송합니다."

"저 사람이냐?"

"네, 형님."

강도는 자신이 김항아를 이틀에 하루밖에 경호할 수 없기 때문에 다른 날 경호할 외전사 한 명을 데려오라고 차동철에게 말했더니 진희를 데려온 것이다.

강도는 진희를 쳐다보았다.

"부탁합니다."

진희는 여전히 못마땅한 표정이다.

"나는 아직 이 일을 하겠다고 말하지 않았어요."

"야! 양진희!"

차동철이 언성을 높이는 데도 진희는 끄떡도 하지 않았다.

강도는 김항아를 가리켰다.

"그냥 이 사람을 경호하면 됩니다. 내가 못마땅한 거랑 일
은 별개 아닙니까?"

그는 진희가 깐깐하게 굴어도 기분이 상하지 않았다.

오히려 그녀처럼 대쪽 같은 성격을 좋아하는 편이다.

강도의 말에 차동철과 진희는 똑같이 김항아를 쳐다보다가
움찔 놀랐다.

"어……."

차동철은 상체를 앞으로 숙이고 김항아를 좀 더 가까이에
서 보며 눈을 깜빡거렸다.

진희는 한눈에 김항아를 알아보고 놀라는 표정을 지었지
만 아무 말도 하지 않았다.

차동철은 고개를 갸우뚱거렸다.

"햐아… 어디에서 봤더라……."

"나의 꽃은 어디에서 피는가."

진희가 중얼거리니까 차동철이 손바닥으로 무릎을 쳤다.

"맞다! 김항아!"

김항아는 수많은 드라마와 영화, 그리고 가수를 하면서 수
십 곡의 대히트곡을 발표했었다.

그중에서도 이번 달 초에 막을 내린 드라마 '나의 꽃은 어디에서 피는가'는 시청률 72%라는 전무후무한 공전의 대기록을 이룩했었다.

차동철은 김항아에게서 시선을 떼지 못했다.

"이런, 맙소사… 김항아 씨를 이렇게 가까운 곳에서 보게 되다니……."

그는 강도에게 굽실거렸다.

"형님, 이 일은 제가 하면 안 되겠습니까?"

"마음대로 해라."

진희가 톡 끼어들었다.

"우리 회사는 사장이 직접 일선에서 뜁니까?"

차동철이 경호 일을 하러 밖에 나가 있으면 회사 일이 엉망이 될 것이다.

"그럼 진희 네가 하겠다는 거냐?"

"누가 팀장이죠?"

같은 일을 2명 이상이 맡으면 팀장이 있어야 한다.

지금 같은 경우에는 2단계나 높은 진희가 당연히 팀장이지만 그게 만만할 것 같지 않다.

"당연히 형님이 팀장이지."

진희는 확 인상을 썼다.

"정말 위계질서 개판으로 만들 겁니까?"

"진희 너, 형님하고 싸워서 삼 초식 견디면 네가 팀장해라."

"정말……."

진희 인상이 더 구겨졌다.

"내가 일 초식에 저치를 죽이면 어쩔 건데요?"

차동철은 어깨를 으쓱했다.

"그럼 네가 팀장하면 되지. 형님 대신 다른 사람으로 팀원 채워줄게."

진희는 미간을 잔뜩 찌푸렸다.

풍사조장이 병팔조장하고 싸워서 삼 초식을 견딘다는 것은 말이 안 된다.

삼 초식 안에 병팔조장을 죽인다면 또 모르지만 말이다.

그런데 차동철이 그런 제안을 했다는 것은 뭔가 있다는 뜻이다.

차동철처럼 고압적이고, 원칙적이며, 상하관계를 따지는 사람이 기껏 병팔조장한테 '형님' 운운하면서 굽실거리는 것 자체가 이상했다.

'설마 저치가 사장보다 고수라는 건가?'

결론은 그거 하나다.

그렇지만 그건 어디까지나 추측일 뿐이다.

더구나 기가 센 진희로서는 지금 물러나는 것보다는 차라리 죽는 게 마음 편하다.

"저치가 죽어도 난 책임 못 집니다."

진희의 말에 차동철이 강도에게 고개를 꾸벅 숙였다.

"일이 이렇게 돼서 죄송합니다, 형님."

"됐다."

강도는 일어나서 소파 옆으로 나가 진희와 마주 섰다.

소파에 앉아서 손만 까딱하면 진희를 일 초식에 이길 수 있지만 그러면 그녀를 모욕하는 거라서 일어선 것이다.

강도는 넓은 곳으로 나가 우뚝 섰다.

긴장한 진희는 걸음을 옮겨 강도 맞은편에 섰다.

그녀가 오른손을 들었다.

치잉—

그녀의 오른손에 푸른빛의 청강검 한 자루가 전송됐다.

그녀는 강도 손에 아무런 무기도 없는 걸 보고 그가 앉아 있던 소파를 쳐다보았다.

거기에 한 자루 시뻘겋고 커다란 도가 세워져 있다.

강도의 애도(愛刀) 파멸도인데 놔두고 나왔다.

그걸 보고 진희의 얼굴이 차갑게 굳었다.

'이 새끼 날 뭘로 보고……'

그녀는 강도를 쏘아보며 어금니를 악물었다.

'죽여 버리겠어……!'

50년 공력을 극한으로 끌어 올렸다가 총알같이 튀어 나가며 검을 휘둘렀다.

새파란 검광이 번뜩이면서 청강검이 강도의 온몸을 노리고 소나기처럼 쏟아져 갔다.

슈슈슈슉!

'흑선나찰검법(黑旋羅刹劍法)이로군.'

강도는 진희가 펼치는 검법을 한눈에 알아보았다.

그건 아미파에서 특수한 제자들에게만 은밀하게 전수하는 비전의 살초식이다.

쉬이익! 쐐애액! 쉬쉬쉭!

과연 풍사조장다운 날카롭고도 위맹한 검법이다.

그렇지만 5m 이내가 새파란 검영과 검풍으로 가득한 데도 강도는 제자리에서 꼼짝도 하지 않았다.

그는 상체와 허리를 이리저리 가볍게 흔들고 움직이면서 진희의 무차별적인 공격을 모조리 다 피했다.

진희는 순식간에 십여 초식이나 쏟아내고서도 강도의 머리카락 한 올 건드리지 못하자 약이 바짝 올랐다.

더구나 그는 제자리에서 꼼짝도 하지 않는데 그걸 베지 못하니까 속이 뒤집혔다.

일 초식에 그를 죽이겠다고 기세등등했었던 진희는 스스로가 창피해서 죽을 지경이다.

그런데 그때 그물처럼 촘촘한 검막을 뚫고 강도가 스윽! 하고 진희 코앞으로 다가왔다.

"……."

그러고는 강도의 주먹이 곧장 찔러왔다.

그런데 그의 동작이 너무 느려서 진희가 마음만 먹으면 눈

깜빡할 사이에 충분히 팔을 100도막으로 자를 수도 있을 것 같았다.

'이 자식!'

진희는 강도의 팔을 향해 찰나지간 마구 칼질을 해댔다.

쉬이익!

'말도 안 돼!'

진희는 자신의 눈을 의심했다.

무려 20여 차례나 칼질을 해대고 있는 데도 그 한가운데로 강도의 주먹이 소나기 같은 검막을 뚫고 버젓이 쑤셔 들고 있는 게 아닌가.

뻑!

"으악!"

정말 느릿느릿하게 다가온 주먹이 그녀의 가슴 한가운데를 쿡 찔렀다.

진희는 가슴이 으깨지는 듯한 엄청난 고통에 처절한 비명을 지르며 뒤로 붕 날아갔다.

그녀는 태어나서 처음으로 이런 지독한 고통을 맛보았다.

그리고 자신이 이처럼 지랄 같은 비명을 지르게 될 줄은 꿈에도 몰랐었다.

쿵!

진희는 주먹 한 방에 무려 10m나 뒤로 날아갔다가 뒷머리와 등을 엘리베이터 문에 호되게 부딪치고는 바닥으로 주르르 떨어졌다.

그녀는 엘리베이터에 머리를 기대고 온몸을 쭉 뻗은 자세로 강도를 바라보았다.

우뚝 서 있는 강도의 모습이 가물가물하게 보였다.

그녀는 입에서 꾸역꾸역 피를 흘리면서 한 가지 사실을 뼈아프게 깨달았다.

차동철이 어째서 강도를 형님이라고 부르는지……

제12장
빙산의 일각

　강도는 이미 90%까지 요력이 침투해 있는 최 매니저를 김항아의 방으로 데리고 들어갔다.

　"이 사람을 용서해 주세요."

　김항아의 그 말에 강도는 최 매니저에게 정혈 5cc를 주사하고, 진기를 주입해서 요력을 말끔하게 제거해 주었다.

　제정신이 돌아온 최 매니저는 자기가 죽을죄를 졌다면서 무릎을 꿇고 펑펑 울었다.

　김항아는 최 매니저에게 주사한 정혈 5cc 값 5억 원은 무슨 일이 있어도 지불해야겠다고 물러서지 않았다.

　결국 강도는 돈을 받기로 했다.

강도는 김항아의 빌라에 결계(結界)를 쳤다.

결계는 무림에 있을 때 목소리뿐인 사부에게 배운 재주다.

강도가 요방결계(妖防結界)를 치면 요계의 할아버지가 온다고 해도 절대로 뚫지 못한다.

그러나 김항아가 빌라 밖에 나갔을 때 요족의 요괴가 접근하면 강도나 진희가 물리쳐야만 한다.

강도가 있을 때는 모르지만 진희가 경호를 할 때 요족이 대거 공격한다면 위험할 것이다.

"오라버님, 아예 김항아 씨에게 일신결계(一身結界)를 쳐주는 게 어때요?"

진희가 참견을 했다.

가슴팍에 일권을 맞고 기절했다가 10분 만에 깨어난 그녀는 강도를 보자마자 그 자리에 무릎을 꿇고 애절하게 한마디를 외쳤었다.

"형님! 거두어주십시오!"

차동철이 껄껄 웃으면서 '너는 오라버님'이라고 불러야지, 그래서 그때부터 진희는 강도의 여동생이 되었다.

차동철이나 진희는 나중에 절대신군의 동생이 됐다는 사실을 일생의 영광으로 여기게 될 것이다.

사실 강도는 진희에게 잠깐의 고통만 주려고 뼈나 장기, 심맥을 일체 다치게 하지 않았었다.

진희는 내친김에 한마디 더 거들었다.

"오라버님의 실력으로 김항아 씨에게 일신결계를 치면 요계 1위인 드빌이 와도 끄떡없을 겁니다."

곱상하고 귀여운 용모라서 천상 여자의 외모인 진희의 언행은 정말 장군감이다.

진희는 당연히 결계 같은 걸 치지 못한다.

그녀가 알기로는 아미파 장문인 정도가 돼야지만 결계를 칠 수가 있다.

그런데 강도가 아주 간단하게 결계를 치는 걸 보고 진희는 자신이 그를 이기려고 했던 것이 얼마나 터무니없는 일이었는지 새삼 깨달았다.

얘기를 듣고 난 김항아는 소파 옆에 앉은 강도에게 진심으로 부탁했다.

"나는 두 번 다시 요족에게 휘둘리고 싶지 않아요. 그러니까 그 일신결계라는 거 나한테 해주세요."

강도는 일언지하에 거절했다.

"필요하다는 생각이 들면 그때 해주겠습니다."

"대가 치를게요. 돈 드리면 돼요?"

강도가 돈에는 초연하다는 걸 알면서도 못내 심사가 뒤틀린 김항아는 그렇게 어깃장을 부렸다.

강도가 잠시 집 안을 둘러보러 간 사이에 김항아가 진희에게 물어보았다.

"그가 왜 비싸게 구는 건가요?"

진희는 김항아 귀에 입술을 대고 속삭였다.

"일신결계를 하려면 누드가 돼야 합니다."

"누가요? 내가요?"

"정답입니다."

김항아는 강도가 어째서 자신에게 일신결계를 해주지 않았
는지 이유를 알 수 있을 것 같았다.

강도는 일행과 함께 여의도 스페셜솔저로 돌아왔다.

김항아네 빌라에는 처리조로 따라왔던 영전사 한 명을 임
시로 두고 왔다.

진희는 내일 아침부터 정식 경호 업무를 맡기 때문이다.

말라칼 얏코는 이따가 따로 만나기로 하고 보냈다.

스페셜솔저 사장실에는 강도와 차동철, 진희 세 사람이 소
파에 앉아 있었다.

소파 옆에 사장 비서가 서서 보고를 했다.

"김항아 씨 사건 해결에 대한 인센티브로 총 2억 7천만 원
이 지급돼서 이강도 씨 계좌로 전액 송금했어요."

김항아 사건은 오로지 강도 혼자서 해결했다.

그러니까 인센티브 2억 7천만 원은 강도 혼자 독식해도 상
관이 없다.

또한 거기에 대해서 차동철이나 진희는 하등의 불만이 없

는 얼굴이다.

강도는 2억 7천만 원의 절반이라도 차동철과 진희에게 나누어주고 싶었지만 적당한 명분이 없다.

그래서 혼자 다 갖기로 했다.

강도가 일어섰다.

"진희, 내일 김항아를 부탁한다."

"염려 마세요, 오라버님."

차동철과 진희가 따라서 일어섰다.

진희는 강도에게 공손하려고 애쓰는 기색이 역력하다.

강도는 문득 생각나는 것이 있어서 진희에게 물었다.

"너 오늘 회사 근무했으니까 내일은 맹의 일을 해야 되는 거 아니냐?"

강도는 맹의 외전사들은 격일제로 근무한다고 알고 있다.

차동철이 대신 대답했다.

"진희는 스페셜솔저 일이 적성에 맞아서 이 일만 하고 있습니다."

"그래도 되는 거냐?"

"됩니다."

차동철은 빙그레 웃었다.

"출동하면 이리저리 뺑이를 쳐야 하지만 여긴 편하잖습니까? 그리고 여기 수입도 그리 나쁘지 않습니다."

*   *   *

강도는 부동산 중개인이 안내한 부천 중동의 60평형 아파트가 마음에 들었다.

"이 집으로 하겠습니다."

강도는 결정을 하고 나서 부동산 중개인에게 넌지시 물어보았다.

"오피스텔 쓸 만한 거 하나 없겠습니까?"

강도는 내친김에 오피스텔을 하나 구할 생각이다.

집에서 나와 혼자 살겠다는 것이 아니고 여러모로 필요할 것 같아서다.

부동산 중개인은 강도가 새로 이사할 60평 아파트에서 도보로 5분 거리인 상가 밀집 지역 내의 주상 복합 오피스텔 15층의 25평짜리를 보여주었다.

오피스텔도 아파트처럼 비어 있어서 언제든지 입주하면 된다고 해서 그것도 가계약을 해두었다.

강도는 미지에게 전화를 했다.

미지는 지금 멤버들과 연습 중이라 밤 10시쯤 집에 도착할 거라고 했다.

그러면서 강도더러 자기 집에서 맥주라도 마시면서 쉬고 있으면 총알같이 달려갈 거라고, 어디 가지 말라고 신신당부를 했다.

강도는 미지에게 원룸에 가방 하나를 갖다 둘 테니까 건드리지 말라고 이르고는 현관 키 번호를 알아냈다.

강도는 상동 미지네 원룸 옷장 안에 정혈병 49개가 든 보스턴백을 넣어두고 나와서 택시를 타고 부평으로 향했다.

강도는 택시 안에서 한아람과 전임 졸구조장 졸구팔 염정환에게 전화를 해서 부천으로 오라고 해두었다.

강도에게 언제 연락이 올까 이제나저제나 기다리고 있던 한아람은 즉시 달려가겠다고 대답했다.

그리고 목숨 줄을 강도에게 매달고 있는 염정환 역시 무슨 일이냐고 묻지도 않고 달려오겠다고 했다.

강도는 정혈 5cc면 수맥에서 해방되니까 연수에게 눠줄 생각이다. 그렇게 하면 앞으로 강도는 편해질 테고 연수도 매일 섹스를 하지 않으면 죽는다는 공포에서 벗어날 테니까 서로에게 윈윈이다.

연수가 가르쳐 준 대로 택시 기사에게 그녀가 하는 가게 이름 '알람브라'라고 대니까 가게 앞에 세워주었다.

뜻밖에도 '알람브라'는 부평에서 유명한 마사지숍이었다.

부평역 앞의 대로변에 위치한 '알람브라'는 큰 빌딩의 2, 3층을 통째로 사용하고 있었다.

"어서 오세요."

이 층 입구로 들어서는 강도를 제복 입은 늘씬한 아가씨가 요염한 미소를 지으며 맞이했다.

생긴 거나 말하는 억양이나 제복의 아가씨는 한국 사람이 아니라 중앙아시아 계통인 것 같았다.

카운터의 아가씨들이 강도에게 벽에 붙어 있는 표를 가리키면서 어떤 마사지를 원하느냐, 단골이냐 등을 묻고 있을 때 안쪽에서 연수가 빠른 걸음으로 다가왔다.

"늦었네요."

백을 어깨에 멘 연수는 친근하게 강도의 팔짱을 꼈다.

"나가요."

'알람브라'의 사장인 연수가 남자의 팔짱을 끼는 모습을 처음 본 카운터의 아가씨들은 놀라서 환호성을 터뜨렸다.

"어머머! 언니 형부예요?"

"꺄악! 형부 너무 미남이시다!"

연수는 아가씨들을 꾸짖었다.

"까불지 마."

그러면서도 강도가 그녀들의 형부가 아니라는 말은 하지 않았으며, 그녀의 얼굴에 잔잔한 미소가 떠올랐다.

"집이 근처예요. 우리 집으로 가요."

"아니……"

"가요. 할 말도 있으니까."

연수는 강도를 이끌고 주차장으로 내려갔다.

"한 시간 후에 약속이 있어."

"누구 만나는데요?"

"조원들."

"회식 있어요?"

"아냐."

"조원들 만나고 나서 우리 집에서 자면 안 돼요?"

"집에 가야지."

"피이… 밤새 같이 있고 싶은데."

연수는 한 손으로 운전을 하면서 다른 손으로 조수석의 강도 허벅지를 쓰다듬었다.

연수 말대로 그녀의 아파트는 '알람브라'에서 2㎞ 남짓 거리인 갈산동 아파트 단지였다.

그녀는 32평 아파트에서 혼자 생활하고 있었다.

"뭐 드실래요?"

소파에 앉아 있는 강도에게 연수가 물었다.

"와인이나 맥주 드릴까요?"

연수는 강도에게 하는 말투가 변했다.

말투만이 아니라 행동까지도 공손해졌다.

"맥주 줘."

연수가 냉장고에서 초록색 캔 맥주 2개를 갖고 와서 강도 옆에 앉았다.

　까각…….

　그녀는 캔 맥주를 따서 강도에게 내밀었다.

　"저 부서 이동해요."

　강도는 캔 맥주를 한 모금 마시고 나서 별 관심이 없다는 듯이 물었다.

　"어디로?"

　연수는 그를 곱게 흘겼나.

　"나한테 관심 없어요?"

　"별로."

　"흥! 내가 어쩌다가 이런 목석을 좋아하게 됐는지."

　그녀는 강도를 좋아하고 있는 감정을 숨기지 않았다.

　"내일부터 병당 메신저로 옮겨요. 호출 번호는 ma5예요."

　"그래?"

　"그러니까 앞으로 당신하고는 이렇게 사적으로만 만날 수 있는 거예요."

　연수는 아쉬운 표정을 지었다.

　강도는 아무렇지도 않게 말했다.

　"나 내일부터 병팔조장이다."

　"……."

　연수는 놀라서 눈을 크게 뜨고 강도를 바라보다가 '꺄악!'

하고 비명을 지르며 그를 와락 안았다.

"정말 잘됐어요!"

그때 강도 주머니의 휴대폰이 진동했다.

"네."

—나 박하도일세.

뜻밖에도 도맹의 배불뚝이 태궁 박하도의 전화다.

—지금 시간 있나?

강도가 전화를 받고 있는데 연수가 캔 맥주를 내려놓더니 그의 바지 벨트를 풀고 지퍼를 내렸다.

강도가 한 손으로 말리려는데 그녀는 막무가내로 그의 팬티 속으로 손을 집어넣었다.

"무슨 일입니까?"

—우리 도맹의 어르신께서 자넬 만나겠다고 하시네.

강도에게 정혈 300cc짜리 한 병이 있다고 넌지시 말했더니 입질이 빨리 왔다.

"어르신이 누굽니까?"

—허허! 자네 놀랄 걸세.

박하도는 뜸을 들이다가 말했다.

—자네 사부님인 현공 사숙이시네.

강도는 박하도를 처음 만났을 때 자신이 무당파 현공진인의 속가제자라고 둘러댔었다.

강도와 연수의 섹스는 소파에서 시작하여 안방 침대에서 끝났다.

　"연수야."

　"응?"

　땀으로 목욕을 한 것처럼 흠뻑 젖은 두 사람은 이불도 덮지 않은 채 침대 위에 누워 있다.

　"방법 찾아냈다."

　한 번의 섹스에 두 번이나 절정에 도달했던 연수는 행복해서 죽을 것 같은 표정으로 강도의 팔베개를 하고 그의 남성을 만지작거렸다.

　"나 죽는 줄 알았어요."

　그녀는 딴소리를 했다.

　"머릿속이 하얘지고 온몸이 녹는 것 같았어요."

　지금 그녀는 오로지 그 생각만 하고 있다.

　"이것 봐요. 또 단단해졌어. 굉장해요, 당신……."

　강도는 계속 할 말을 했다.

　"수낵 해제하는 방법 말이야."

　연수는 동작을 뚝 멈추고 흐릿한 불빛 속에서 그의 얼굴을 바라보았다.

　"어떻게?"

　"정혈 5cc 맞으면 돼."

　"그래요?"

그런데 연수의 반응이 시큰둥했다.

강도는 몸을 일으켰다.

"지금 맞자."

"기다려요."

연수가 그의 몸 위로 올라와 엎드리며 그가 일어나려는 것을 막았다.

"사실 주사 맞기 싫어."

그녀는 강도 입술에 자신의 입술을 비비면서 속삭였다.

"어째서?"

"당신하고 매일 하고 싶어서."

"쓸데없는 소리 하지 마라."

"어째서 쓸데없는 소리라고 하죠? 나는 당신하고 그거 하는게 인생 최고의 행복이에요."

연수가 너무 진지하게 말해서 강도는 가만히 있었다.

"지금까지는 참 무미건조하게 살았었는데, 당신 만나서 섹스의 참맛을 알았어요."

"그래도 주사 맞아야 돼."

"알았어요. 맞을게요."

그녀는 강도의 양 뺨을 잡고 얼굴을 들고 내려다보았다.

"그 대신 며칠에 한 번씩이라도 해줘요."

"알았어."

"우선 지금 한 번 더."

그녀는 상체를 일으켜서 엉덩이를 들썩거리더니 강도를 덥석 먹어버렸다.

강도는 연수에게 한 번 더 봉사해 주었다.

그 후에 정혈 5cc를 놔주고 진기를 주입하여 수맥을 깔끔하게 치료했다.

그러고는 서둘러서 그녀의 아파트를 나섰다.

오늘 밤에는 늦더라도 미지에게도 가야 한다.

징혈 5cc를 놔주면 미지하고도 끝이다.

더없이 착하고 예쁜 아이지만 강도에겐 어울리지 않는다.

정혈 5cc를 놔주면 강도나 미지 둘 다 자유다.

강도는 한아람과 염정환을 만나기 전에 얏코부터 만났다.

얏코는 낮에 봤을 때하고는 달리 수수한 옷차림을 하고 약속 장소인 부천 북부역 역전의 한 커피숍에 먼저 와서 기다리고 있었다.

"많이 생각해 봤어요."

강도가 맞은편에 앉자마자 얏코가 먼저 입을 열었다.

"저 신군께 목숨을 바칠게요."

얏코는 다부진 표정으로 말했다.

그냥 목숨을 바치겠다는 건 아닐 것이다.

분명히 아까보다 더 큰 조건이 있는 게 분명하다.

"제가 알고 있는 걸 모두 말씀드리고 신군께서 시키는 일은 뭐든지 하겠어요."

그녀는 강도를 신군이라고 철석같이 믿었다.

"너 몇 살이냐?"

강도가 불쑥 물었다.

"8살이에요."

지난번 인중병원에서 강도의 수뇌에 걸렸다가 죽은 마계의 귀매 다카는 5살이라고 했었다.

"요족은 얼마나 살지?"

"평균 30살까지 살아요."

마족은 평균 수명이 20살이라고 했는데 요족은 30살이라고 한다.

요족이 마족보다 10살 더 사는 것이다.

"저 나이 많이 먹었죠?"

겨우 8살짜리가 나이 많다고 풀이 죽었다.

"왜 그렇게 수명이 짧은 거냐?"

얏코는 쓸쓸한 표정을 지었다.

"마족은 지저계(地底界)에 살고, 요족은 외방계(外邦界)에 살아서 그래요. 인간들처럼 좋은 환경에서 대대로 살았으면 우리도 수명이 늘었을 거예요."

강도로서는 처음 듣는 말이라서 흥미가 생겼다.

"지저계는 뭐고 외방계는 뭐냐?"

이것은 불맹에서도 말해주지 않았고 연수도 모르고 있던 내용이다.

"지저계는 땅속이에요. 땅속 10km부터 100km 사이를 말하는데 마족은 홍적세(洪績世) 빙하기 때인 30만 년 전에 지구가 얼음에 뒤덮이자 추위를 피해서 지저로 들어갔어요. 그때부터 거기에서 살았지요."

"그래? 그럼 외방계는?"

"지구의 자연 환경 밖의 세계예요."

"우주냐?"

"아니에요."

"그럼 뭐냐?"

"현재 인간들이 살고 있는 지구의 차연환경을 내방계(內邦界)라 하고 요족이 살던 곳을 외방계라고 해요. 아마존과 아프리카, 인도네시아 보르네오의 밀림 속에 외방계와 통하는 문이 있어요."

얏코의 설명이 신기하고 재미있지만 한아람과 염정환을 만날 시간 때문에 나중으로 미루기로 했다.

"그 얘긴 나중에 듣자."

"네. 언제든지 설명해 드릴게요."

"그래서 너 조건이나 말해봐라. 조건이 더 커진 거냐?"

얏코는 얼굴을 붉혔다.

"네. 저희 일족(一族)을 신군께서 살려주시기를 바랍니다."

"일족? 부족 같은 거 말이냐?"

"네."

강도는 얏코의 일족이라는 것이 가족과 친척들을 가리키는 줄 알았다.

"몇 명이나 되는데?"

"450명이에요."

"뭐어?"

강도는 어이가 없어서 자기가 잘못 들은 줄 알았다.

"그렇게 많아?"

"네, 신군."

얏코는 차분하려고 애쓰는 표정을 지었다.

"우리 요계는 수천 개의 부족으로 이루어져 있어요. 우리는 그중 하나의 부족이에요. 다 일가친척들이죠. 그리고 아버지가 족장이에요."

"장난하는 거냐?"

강도가 인상을 쓰자 얏코는 다소곳한 자세를 더욱 꼿꼿하게 만들었다.

"저는 그 어느 때보다도 진지해요."

다른 사람 같았으면 이쯤에서 기겁하고 손을 뗄 것이다.

"그럼 너는 뭘 해줄 거냐?"

"대한민국을 구해줄게요."

얏코의 진지한 표정이 아니더라도 강도는 그녀의 말이 리얼이라고 믿었다.

"대한민국이 위험하다는 거냐?"

"대한민국뿐만 아니라 전 세계가 위험해요. 마계와 요계가 거의 다 잠식했으니까요."

강도의 얼굴이 진지해졌다.

"하나만 예를 들어봐라."

"진무송 씨 아시죠?"

"그래."

대한민국 여당인 자유대한당의 당 대표가 진무송이다.

"그 사람, 우리 요계 2위 바우만이에요."

강도는 얏코를 데리고 한아람과 염정환을 만나러 갔다.

얏코와 30분쯤 대화를 나눈 강도는 현재의 사태가 얼마나 심각한지 알게 되었다.

그래서 두말없이 얏코의 조건을 받아들였다.

커피숍 칸막이 안에서 그녀에게 정혈 5cc를 놔주고 진기를 주입해 주었다.

얏코 말로는 자신의 몸에 정혈 20cc가 투입되면 완전한 인간이 된다고 했다.

앞으로 5cc씩 3번 더 맞아야지만 인간이 될 것이다.

그 전에는 여전히 요족 4위 말라칼로 살아야 한다.

얏코의 겉모습은 인간처럼 보이지만 사실 벗겨놓으면 인간하고 다른 점이 있다고 한다.

그리고 몸 내부하고 기능은 인간하고 많이 다르다는 것이다.

한아람과 염정환을 만나기로 한 식당의 따로 떨어진 방 안에서 두 사람은 상을 앞에 두고 마주 앉아 있었다.

친하지 않은 두 사람은 서로 할 말이 없어서 멀뚱거리고 있었다.

강도가 한아람 옆에 앉자 얏코는 당연하다는 듯 그의 옆에 앉았다.

방이라서 어느 쪽에 몇 명이 앉든지 상관은 없지만, 한쪽에 3명이 앉고 맞은편에 염정환 혼자 앉아 있는 모습은 좀 이상했다.

한아람이 '쟨 뭐야?'라는 얼굴로 얏코를 흘겼지만 그녀는 꿋꿋하게 자리를 지켰다.

강도를 비롯한 모두들 저녁 식사 전이라서 소고기와 술을 주문했다.

한아람과 염정환은 강도가 무슨 일로 불렀는지 궁금해서 잔뜩 긴장한 얼굴로 그의 말을 기다렸다.

"나는 내일 병당으로 이동한다."

"아!"

"넷?"

한아람과 염정환은 놀라서 외침을 터뜨렸다.

"너희 둘을 병당으로 데리고 가려는데 갈 거냐?"

두 사람은 절망의 나락으로 추락한 지 3초 만에 구출됐다.

"꼭 가고 싶어요!"

"부디 데려가 주십시오!"

한아람과 염정환은 강도를 향해 무릎을 꿇고 머리를 조아리며 외쳤다.

다행히 이곳은 따로 분리된 방 안이라서 보는 사람이 없다.

어제 강도가 졸구조장이 된 이후 그에게 충성하겠다고 맹세하는 조원들은 많았다.

그렇지만 강도가 어제 하루 동안 유심히 살펴본 바에 의하면 전임 졸구조장이었던 염정환이 그중 쓸 만했다.

그리고 그가 강도에게 충성하는 것이 거짓으로 여겨지지 않았다.

강도는 선선히 고개를 끄떡였다.

"알았다."

"고마워요."

"감사합니다."

한아람과 염정환은 무릎을 꿇은 자세에서 이마를 바닥에 대고 다시 절했다.

고기가 익고 한아람이 소맥을 말아서 돌렸다.

"먹을 수 있느냐?"

강도가 술잔을 들고 묻자 얏코는 입맛을 다셨다.

"배웠기 때문에 술이든 고기든 잘 먹어요."

술이 몇 잔 돌고 고기를 먹은 후에 강도가 한아람과 염정환에게 말했다.

"이놈은 얏코라고 한다. 요계 말라칼이다."

"예엣?"

말라칼이 무언지 모르는 한아람은 가만히 있지만, 염정환은 혼비백산해서 벌떡 퉁겨 일어났다.

강도는 술잔을 입으로 가져가면서 턱으로 얏코를 가리켰다.

"얏코는 내 부하가 됐으니까 잘 지내라."

"어으으……."

요계 말라칼이라는 존재에 대해서 알고 있는 염정환은 일어선 채 이상한 소리를 냈다.

그는 마계 최하위인 10위 귀부나 귀매를 본 것이 전부다.

요계의 요괴는 한 번도 본 적이 없었다.

그러니 요계 4위 말라칼이 그에게 어떤 존재로 부각되는지는 어렵지 않게 짐작할 수 있다.

얏코는 가볍게 고개를 까딱했다.

"신군께서 날 거두어주셨다. 앞으로 잘해보자."

이미 엄청 놀라고 있는 염정환은 이때까지는 얏코의 '신군'이라는 말을 흘려들었다.

한아람이 놀라서 얏코를 가리켰다.

"이 여자가 신군님이 신군님이라는 걸 아는 건가요?"

얏코는 생글거렸다.

"내 부하들을 순식간에 벌레처럼 죽이시는 걸 보고 이분이 절대신군이라는 사실을 즉시 알아차렸지."

염정환은 눈을 껌뻑거렸다.

그도 무림에 갔다가 왔기 때문에 절대신군이라는 이름을 귀에 딱지가 앉을 정도로 들어봤었다.

그런데 자신이 무림에 있을 때 들었던 절대신군과 지금 눈앞에 앉아서 술을 마시고 있는 강도가 동일 인물이라는 연결이 되지 않았다.

그래서 지금 한아람과 얏코가 말도 안 되는 농담을 하는 것이라고 생각했다.

그게 아니면 무림에서의 절대신군하고는 하등의 관계가 없는 현 세계의 어떤 별명 같은 절대신군에 대해서 말하고 있는 것이라고 나름 추측했다.

"앗!"

그런데 한아람은 자신이 염정환이 있는 곳에서 '신군'이라는 말을 했다는 사실을 한발 늦게 깨닫고 급히 손으로 입을 막았다.

그러고는 염정환을 힐끗 보더니 강도에게 고개를 조아렸다.

"죄송합니다. 그만 입이 방정맞아서……."

"상관없다."

강도는 손을 저었다. 자신의 신분을 감추는 것도 이제는 지겨웠다.

또한 염정환을 부하로 거두었으면 그가 알아도 상관이 없다는 생각이다.

"그럼… 저 사람이 알아도 괜찮나요?"

강도는 고개를 끄떡이고는 얏코와 이런저런 대화를 나누면서 술을 마셨다.

그 사이에 한아람은 강도가 무림에서 절대신군이었다는 설명을 염정환에게 해주었다.

"에이… 그딴 헛소리를……."

그게 염정환의 첫 번째 반응이었다.

한아람이 할 수 있는 일은 다 했다.

그 정도 설명을 듣고서도 이해를 하지 못한다면 그건 한마디로 등신이다.

남은 것은 염정환이 스스로 이해하고 깨닫는 것.

즉, 각성뿐이다.

믿느냐, 믿지 못하느냐다.

강도와 한아람, 얏코 세 명이 고기와 술을 먹고 마시고 있는 동안 염정환은 혼자 원맨쇼를 하고 있었다.

강도가 천하 무림을 일통한 저 위대한 절대신군이라는 사실을 차츰 받아들이고 있는 것이다.

그러고는 어느 순간 염정환은 처절한 비명을 질렀다.

"우와악!"

강도는 공력으로 취기를 몰아내고 도맹의 배불뚝이 박하도와 현공진인을 만나러 약속 장소로 향했다.

요괴 말라칼 얏코는 자신이 소속된 곳으로 돌아갔다.

한아람과 염정환은 강도 뒤에서 공손히 그를 따르고 있다.

강도가 절대신군이라는 사실을 알게 된 지 30분이 지났지만 염정환은 아직도 놀라움에서 벗어나지 못했다.

지금에 와서 생각해 보면 염정환은 강도가 절대신군이었다는 예후를 여러 번이나 집했있다.

그때는 단지 놀랍고 경이롭게만 여겼었다.

그런데 이제 와서 생각해 보니까 그런 것들이 다 저절로 이해가 됐다.

염정환은 첫날 강도를 엿 먹이려고 1초 만에 도착할 수 있는 이동간에 대해서는 얘기해 주지도 않고, 약속 시간까지 분당 야탑에 도착하라고 으름장을 놨었다.

지금 생각하면 심장이 오그라들 정도로 미친 짓이다.

절대신군 정도면 구태여 맹에서 전공이나 개전을 받지 않아도 상시 무공을 지니고 있었을 것이다.

그러니까 강도는 언제라도 염정환을 혼내주거나 심하면 죽일 수도 있었다.

그런데도 그는 참고 있었다.

그의 인내에 무한한 감사와 존경을 보낸다.

물론 그렇게 생각하는 것은 염정환의 몫이다.

한아람은 의기양양한 얼굴로 걸어가고, 염정환은 앞서 걷는 강도의 뒷모습을 슬쩍슬쩍 훔쳐보는 것만으로도 죄스러워했다.

"너희들 그만 가라."

박하도, 현공진인과의 약속 장소가 가까워지자 강도는 한아람과 염정환을 돌아보며 말했다.

한아람이 발랄하게 말했다.

"저희가 모실게요."

그러나 강도가 아무 말도 하지 않는 걸 보고 한아람은 즉시 공손히 허리를 굽혔다.

"알았어요. 갈게요."

그녀가 염정환에게 물었다.

"집이 어디예요?"

"신정동입니다."

염정환은 얼마 전까지 한아람을 발가락에 낀 때처럼 여겼었지만 지금은 아니다.

한아람이 무림에 있을 때 신군성에서 절대신군을 모셨다는 사실을 알고 나서는 깍듯해졌다.

한아람과 염정환은 거리에서 누가 보거나 말거나 강도에게 90도로 허리를 굽혀 인사를 하고 돌아섰다.

이제 한 식구가 된 한아람이 염정환에게 말했다.

"내 차로 가요. 집까지 태워줄게요."

한아람의 차가 주차된 곳으로 가면서 염정환이 진지한 얼굴로 말했다.

"신군께서 계시는 부천으로 이사를 와야겠습니다."

"나도 그럴 생각이에요."

한아람은 종달새처럼 종알거렸다.

이번에는 횟집이다.

한아람, 염정환, 얏코하고 소고기와 술을 배불리 먹은 강도로서는 회가 별로 당기지 않았다.

사람을 만나러 왔다고 하니까 일본 기모노 같은 옷을 입은 여종업원이 강도를 어느 밀실로 안내했다.

밤 9시에 만나기로 했는데 지금 10시가 다 되어가고 있다.

꽤 늦었지만 강도는 신경 쓰지 않았다.

강도는 여종업원을 따라가면서 곧 만나게 될 도맹 인물들에 대해서 정리를 해보았다.

사실 정리할 것도 없다.

강도는 상상도 못 할 정도로 고강한 초절무학과 천하 무림에 존재하는 거의 모든 무공을 섭렵했다.

또한 수만 번의 싸움과 전투를 치렀으며, 천하 무림의 가장 높은 신분에서부터 최하층 사람들까지 두루 겪어봤었다.

그렇기 때문에 그는 무공이든, 사람이든, 인생사든 거의 막

힘이 없다.

어떤 상황에 처했을 때 구태여 길게 생각할 게 별로 없다.

그저 즉흥적으로 툭툭 나오는 것이 정답이다.

무림의 내로라하는 인물들이 신군성에 가끔 왔었기 때문에 현공진인이 강도를 알아볼 수도 있다.

그래도 상관없다.

알아보면 알아보는 대로, 아니면 아닌 대로 적절하게 대처하면 될 것이다.

드르…….

여종업원이 열어주는 미닫이문으로 강도는 성큼 들어섰다.

척!

널찍한 방 안에 두 사람 즉, 박하도와 현공진인이 마주 앉아 있다가 들어서는 강도를 쳐다보았다.

강도가 들어섰는데도 박하도나 현공진인은 일어서지 않았다.

무림에서라면 절대로 있을 수 없는 일이다.

그런데 손에 소주잔을 쥔 채 못마땅한 얼굴로 강도를 쳐다보던 현공진인이 고개를 갸웃거렸다.

"어……."

중소기업 사장 같은 모습에 65세 정도인 현공진인은 반사적으로 엉거주춤 일어섰다.

"이 사람……."

그는 강도를 보면서 계속 고개를 갸웃거렸다.

무척 낯이 익은 것 같은데 어디에서 봤는지 도통 생각이 나지 않았다.

덩달아 놀라서 일어난 박하도가 현공진인에게 물었다.

"사숙, 왜 그러십니까?"

"이 사람 누군가?"

"오늘 만나기로 한 산예도입니다."

"어……."

머릿속에서 가물거리던 어떤 인물의 흐릿한 잔상이 '산예도'라는 말에 쑤욱! 하고 멀어져 갔다.

"왜 이렇게 늦었는가?"

강도를 책망하는 박하도의 말에 현공진인은 아예 강도가 누굴 닮았을까 하는 생각마저도 지워 버렸다.

강도는 박하도 옆에 앉았다.

현공진인이 정색하며 말했다.

"정혈이 있다고 들었네."

강도는 고개를 끄떡였다.

"그렇습니다."

"나한테 넘기게."

현공진인은 강도에 대해서는 전혀 궁금하지 않고 오로지 정혈에만 관심이 있는 것 같았다.

그건 그의 탓이 아니다.

도맹의 장로쯤 되는 인물이 다른 맹에 있는 졸구조장 따위에게 관심이 있다면 그게 외려 이상한 일이다.

만약 정말 그러는 사람이 있다면 그런 사람이야말로 정인군자라고 할 수 있을 것이다.

"숨 좀 돌리고 얘기합시다."

강도는 일부러 여유를 부리면서 새 술잔과 젓가락을 갖고 온 여종업원에게서 술잔을 받아 스스로 소주를 부었다.

서두를 것 없다.

칼자루는 강도가 쥐고 있으므로 이들은 절대로 함부로 행동하지 못할 것이다.

여종업원이 강도 옆에 무릎을 꿇고 앉아서 회 초장이나 회 간장을 만들어주고 접시에 회를 덜어주는 등 서비스를 하는 걸 보고 박하도가 그만 나가라고 손짓을 했다.

"얼마면 넘기겠나?"

강도가 회 한 점을 간장에 찍어 입에 넣는 걸 보고 박하도가 초조한 얼굴을 감추려고 하지도 않고 물었다.

강도는 회 한 점을 먹고 나서 입맛을 다셨다.

"흐음… 좋은 자바리입니다."

"무슨 말인가?"

강도는 회 한 점을 다시 집었다.

"이 회, 자바리 아닙니까?"

"자바리가 뭔가?"

"다금바리 말입니다."

"다금바리?"

박하도는 강도가 집어든 회와 그의 얼굴을 번갈아 쳐다보더니 김빠진 표정을 지었다.

"아… 이거?"

강도는 아까 얏코에게 현재 대한민국을 비롯한 전 세계가 마계와 요계로 인해서 처해 있는 위급한 상황에 대해서 설명을 듣고는 적잖이 놀랐었다.

정계(불, 도, 범, 삼맹)가 현 세계를 어지럽히고 있는 마계와 요계를 상대로 그저 단순한 싸움을 벌이고 있는 줄로만 알고 있었던 강도의 놀라움은 컸다.

현재의 사태에 대해서 제대로 몰랐던 그는 그저 돈이나 많이 벌어야겠다는 단순한 생각만 했었다.

그런데 작금의 상황에 대해서 대충 알고 나니까 돈을 버는 것만이 능사가 아니라는 생각이 들었다.

아직은 전 세계나 인류가 위험하다는 얘기는 강도의 귀에 들어오지 않는다.

그렇지만 그가 태어나고 자란, 그리고 앞으로 자식들이 살아갈 조국 대한민국이 마계와 요계에 거의 다 넘어갔다는 말을 듣고는 생각이 달라졌다.

돈도 좋지만 그보다 먼저 나라가 번듯해야 된다는 것이 강도의 평소 지론이다.

그런데 소위 도맹의 장로라는 인물이 정혈 300cc 한 병이 탐나 눈이 벌개져서 달려드는 꼬락서니가 강도의 기분을 상하게 만들었다.

"물어볼 게 있습니다."

"응? 뭔가?"

강도는 밑져야 본전이라는 식으로 평소에 궁금하던 것을 물어보았다.

"현 세계에서도 무공을 늘 지니고 있을 수는 없습니까?"

박하도는 정혈 얘기가 아니라서 실망하는 표정을 짓더니 대수롭지 않게 대답했다.

"자넨 불가능해."

박하도가 딱 잘라서 말했다.

연수도 그렇게 일축했었다.

"무엇 때문에 불가능합니까?"

강도는 박하도 입가에 흐린 비웃음이 떠오른 것을 발견했다.

"무공이 최소한 현주지경(玄珠之境)에 들어야지만 현 세계에서 상시 무공을 지니고 있는 게 가능하네."

그 다음 말은 하지 않았지만 박하도의 표정은 '자네 무공이 현주지경에 들었을 리가 없지' 하고 깔보는 것 같았다.

물론 산예도 정도가 현주지경에 들었을 리가 없으니까 그런 표정을 짓는 것이다.

전에 두 번 만났을 때는 그러지 않더니 박하도는 강도를 무시하기로 작정을 했는지 아주 극을 달렸다.

"자네 현주지경이 뭔지는 아나?"

현공진인이 옆에 있다고 기고만장하는 모양이다.

강도가 가만히 있으니까 박하도가 나이 든 사람들이 다 그렇듯이 잘 들으라는 식으로 설명을 했다.

"운공조식을 꾸준히 하여 소주천(小周天)을 터득하고 나서 대주천(大周天)을 이루고서도 연마를 게을리하지 않으면 마침내 이루는 것이 단전성약(丹田成藥)이지. 즉, 단전에 하나의 약(藥)을 형성한다는 걸세. 그 약이 형성된 것을 현주지경이라고 하지."

"우리 불맹에선 그 약을 사리(舍利)라고 하더군요."

"어? 어… 그렇지."

불가에서는 '사리'라 하고, 도가에서는 '현주'라고 한다.

강도가 '사리'를 알고 있다면 '현주'도 알고 있었다는 뜻이다.

박하도는 괜히 잘난 체를 한 것 같아서 씁쓸했다.

사리지경이라고도 하고 현주지경이라고 하는 그 경지에 이르면 100년 내공을 지니게 된다.

"그래, 현주시경에 이른 사람은 어떻게 해서 헌 세계에서 무공을 지닐 수 있습니까?"

강도는 이왕 내친걸음이라 계속 물어보았다.

박하도는 강도가 100년 내공을 지녔을 거라고는 상상도 하지 않기에 대수롭지 않게 설명했다.

"무림에서 헌 세계로 시공간을 이동하게 되면 혈류가 역류하여 체내의 모든 혈도와 혈맥이 역행하게 되네. 그래서 체내의 무공행로(武功行路)가 막히게 되는 걸세."

무공행로라는 것은 무공을 연마한 사람들만이 체내에 생성되는 공력의 도로다.

그게 막혀 버리면 무공을 사용하지 못할 뿐이지 생명에는 지장이 없다.

"무림에 갔다가 온 사람 전체는 코드로 등록이 되어 있기 때문에 맹에서 그 사람 코드로 특수 전파를 발송하면 그것 때문에 일시적으로 무공행로가 열려서 무공을 사용할 수 있게 되는 거야."

거기까지 들은 강도는 한순간 다 이해했다.

막혀 버린 무공행로를 뚫는 방법은 간단하다.

지금까지 자신이 연마해 온 심법구결을 역으로 운공조식하면 되는 것이다.

물론 그것은 현주지경 즉, 내공이 100년 이상이어야만 가능한 일이다.

'그렇게 간단한 것을……'

다 알고 나니까 강도는 허탈해서 조금 짜증이 다 났다.

땅 짚고 헤엄을 치는 것보다 간단한 일인데 그것 때문에 속을 끓였던 일을 생각하니까 어이가 없었다.

"그런데 자네, 이래도 되는 건가?"

갑자기 박하도가 따지듯이 말했다.

강도는 대답하지 않고 그를 쳐다보면서 운공조식을 역으로 하기 시작했다.

박하도의 말이 맞는다면 강도는 한 차례 역운공조식이 끝난 후에는 절대신군의 무공을 되찾게 될 것이다.

"현공 사숙께선 자네 사부님이 아니신가?"

그 말에 현공진인은 엄숙한 표정을 지었다.

사실 그는 강도, 아니, 산예도를 속가제자로 둔 기억이 전혀 없다.

아니, 산예도뿐만 아니라 그는 속가제자들에 대해서 기억하고 있는 사람이 한 명도 없다.

불가나 도가에서는 속가제자들을 그저 돈줄로만 알고 있는 사부들이 더러 있다.

현공진인이 그중 한 명이다.

"사부님을 뵈면 예를 취하는 것이 도리가 아닌가? 어서 사부님께 예를 드리게."

박하도가 꾸짖듯이 말했다.

강도는 박하도의 말을 무시했다.

역운공조식이 거의 끝나가고 있는 중이다.

실내에는 묘한 침묵이 흘렀다.

박하도와 현공진인은 동작을 멈추고 묵묵히 강도를 주시하고 있다.

강도가 사도지례를 취하기를 기다리고 있는 것이다.

그러나 5분쯤 지나도록 강도는 꼿꼿하게 앉은 자세로 꿈쩍도 하지 않았다.

강도는 어떤 자세로든지 운공조식을 할 수 있다.

그래서 지금 그는 천천히 술을 마시고 회를 집어 먹으면서 운공조식을 하고 있다.

그러므로 박하도와 현공진인은 그가 운공조식을 하고 있을 줄은 꿈에도 모른다.

그때 박하도와 현공진인이 묘한 눈빛을 교환했다.

현공진인이 강도의 사부라는 점을 이용하여 그걸로 밀고 나가서 강도가 갖고 있다는 정혈을 날로 먹자는 의미의 눈빛이다.

"어허……."

이윽고 박하도가 시동을 걸었다.

"자넨 무당제자가 아닌가? 속가제자도 엄연한 무당파의 제자거늘, 어째서 사부를 뵙고서도 사도지례를 취하지 않는 것인가?"

무림에서는 속가제자는 제자 취급을 하지 않는다.

그런 점에서 무당파도 예외는 아니다.

마침내 운공조식을 끝낸 강도가 천천히 손을 뻗어 자신의 빈 잔에 술을 따랐다.

그가 술을 마시고 회 한 점을 집어 입에 넣고 씹는 것을 보면서 이번에는 현공진인이 낮게 헛기침을 했다.

"자네 속가의 사범이 누군가?"

강도는 젓가락으로 현공진인을 가리켰다.

"자네가 아닌 것만은 분명하네."

"어……."

현공진인과 박하도의 얼굴이 어이없다는 표정으로 물들었다.

강도는 천천히 체내에서 공력을 일주천시켰다.

공력이 막힘없이 거대한 파도처럼 체내에 넘쳐흘렀다.

어제 인중병원에서 정혈 300cc 한 병을 마시고 나서 운공조식을 하여 50cc를 처리, 5% 무공이 증진된 것까지 고스란히 회복됐다.

강도의 무공이 돌아왔다.

절대신군의 귀환이다.

어이없어하고 있는 현공진인과 박하도의 귀에 강도의 잔잔한 목소리가 흘러들었다.

"현천(玄天)은 어디에 있나?"

현천자(玄天子)는 무당파 삼장로의 대사형인 동시에 장문인이다.

같은 사형제지간이지만 장문인과 장로의 격은 사뭇 다르다.

장문인 앞에서는 장로라고 해도 굴신(屈身)해야 한다.

그런데 강도가 '현천자'의 '자'를 떼어내고 '현천'이라는 도명을 거침없이 불렀다.

그럴 수 있는 사람은 현천자의 사부뿐이다.

설사 현천자의 직계 사숙이나 사백인 태상장로라고 해도 장문인의 도명을 함부로 부르지 못하는 것이 율법이다.

그런데 강도가 '현천'이라는 도명을 함부로 입에 올렸다.

이런 상황은 한 가지 경우에만 가능하다.

강도가 제정신이 아닌 것이다.

그렇지만 현공진인은 한 가지를 망각하고 있다.

현천자를 '현천'이라고 부를 수 있는 인물이 사부 외에 한 명 더 있다는 사실을 말이다.

그리고 그 인물이 상 건너편에 앉아 있을 것이라고는 꿈에도 상상하지 못했다.

"네 이놈, 감히……"

현공은 너무도 분노하여 말조차 잇지 못했다.

바로 옆에 앉은 박하도는 자신이 무공을 사용하지 못한다는 사실을 잊을 만큼 분노했다.

"이 자식아! 그게 무슨 망발이냐?"

현주지경에 이르지 못한 박하도는 전공이나 개전이 주어져야만 무공을 펼칠 수 있다.

그런데도 지금 크게 노하여 옆에 앉은 강도의 얼굴을 향해 냅다 일권을 날렸다.

"버릇을 고쳐주마!"

뚝.

"어……."

그런데 강도의 오른쪽 얼굴을 향해 날아오던 박하도의 주먹이 한 뼘 거리를 남겨두고 정지했다.

마치 보이지 않는 벽이 주먹 앞에 가로놓인 것 같았다.

"으으……."

박하도는 주먹으로 비단 강도의 얼굴을 때리지 못할뿐더러 거두지도 못하는 상황에 얼굴이 벌개져서 쩔쩔 맸다.

현공진인은 재빨리 강도를 살폈다.

그러나 강도는 자신의 빈 잔에 느릿한 동작으로 술을 따르고 있다.

그러더니 다음 순간 더 놀라운 일이 벌어졌다.

퍽!

"왁!"

박하도가 자신의 주먹으로 자신의 얼굴 정면을 호되게 갈겨 버린 것이다.

"으으……."

코가 깨지고 입술이 터져서 피를 흘리는 박하도는 두 손으로 얼굴을 감싸 쥐었다.

그 광경을 본 현공진인은 크게 놀랐지만 함부로 발작하지 않았다.

아니, 못했다.

방금 자신의 눈앞에서 벌어진 일이 어떻게 된 일인지 간파했기 때문이다.

강도는 혼자 술을 따라서 마시며 느긋하게 회를 집어서 먹고 있다.

그런데 강도를 때리려던 박하도는 주먹으로 자신의 얼굴을 때리고는 죽는다고 신음을 흘리고 있다.

이건 누가 보더라도 강도가 그런 게 분명하다.

딴청을 부리면서 몸에서 무형지기를 발출하여 허공섭물의 상승비기를 전개한 것이 분명하다.

그런 건 최소한 무공이 '되돌아서 참을 가진다'는 반박귀진(反撲歸眞)의 경지에 이르러야지만 가능한 일이다.

그러니까 다시 말해서 강도의 무공이 반박귀진 이상의 수준이라는 뜻이다.

전 무림을 통틀어서 반박귀진의 경지에 도달한 사람은 30명 남짓이었다.

현공진인의 대사형인 무당파 장문인 현천자라고 해도 '세

송이 꽃을 모아 정을 이룬다'는 삼화취정(三花聚精)의 경지일 뿐이다.

그런데 강도가 삼화취정보다 3단계나 더 높은 반박귀진의 경지라는 사실이 도저히 믿어지지 않았다.

그렇지만 사실 강도는 반박귀진 위로 4단계나 더 높은 화경 즉, 조화지경(造化之境)의 경지에 이르러 있다.

현공진인이 그 사실을 알게 된다면 미상불 입에 거품을 물고 졸도할 것이 분명하다.

현공진인온 적잖이 긴장하여 조심스럽게 말문을 열었다.

"이봐……."

"현천은 어디에 있느냐고 물었다."

강도가 말을 뚝 잘랐다.

그때 아직도 상황이 어떻게 돌아가는지 간파하지 못한 박하도가 품속에서 30㎝ 길이의 단도를 꺼내면서 퉁기듯이 몸을 날리며 강도를 공격했다.

"이놈의 새끼!"

후욱!

그러나 그는 자신이 내지른 외침의 여운이 채 사라지기도 전에 몸이 허공으로 둥실 떠올랐다.

탁!

"악!"

다음 순간 박하도는 천장에 매달려서 비명을 질렀다.

현공진인은 머리 위를 쳐다보다가 표정이 확 변했다.

방금 전에 강도를 찌르려던 단도가 박하도의 손바닥을 뚫고 천장에 꽂혀 있다.

그러고는 박하도의 뚱뚱한 몸뚱이가 마치 빨래처럼 축 늘어져 있는데, 그 빨래가 죽는다고 신음을 흘리고 있다.

"으으으… 살려주십시오, 사숙……."

그렇지만 지금 현공진인은 거기에 신경 쓸 겨를이 없다.

"이… 이봐… 자네 누군가……."

"아직도 내가 너의 속가제자로 보이느냐?"

현공진인은 빠져나가려는 정신을 붙잡으려고 애썼다.

그가 보기에 눈앞의 상대는 산예도가 아닌 것만은 분명했다.

그렇다면 현공진인의 속가제자가 아니다.

"실례오만 누구신지……."

"누구 같으냐?"

"……."

현공진인은 눈을 껌뻑거렸다.

아까 강도를 처음 봤을 때 낯익은 얼굴이라는 생각이 잠시 들었다가 사라졌었는데 그 생각이 다시 떠올랐다.

그러고는 그가 얼마 전까지 활동했었던 무림에서 무당 장문인을 '현천'이라고 부를 수 있는 인물이 누가 있는지 생각해 보았다.

'사조께선 돌아가셨고······.'

생각이 거기에 이르렀을 때 문득 어떤 장면이 어렴풋이 떠올랐다.

그건 신군성에서 연회가 벌어졌을 때의 일이었다.

신군성주 절대신군이 무림 구파일방의 장문인들과 장로들을 모아놓고 마지막까지 저항하고 있는 마도를 굴복시킬 방안을 논의하는 자리였다.

그때 말석에 앉아 있던 현공진인은 저 멀리 상좌에 앉은 인물이 무당 장문인에게 하는 말을 들었었다.

"현천, 좋은 방법이 있으면 말해보게."

과거의 무림으로 돌아간 현공진인은 저만치 30m 거리의 화려한 태사의에 앉아 있는 천하제일인의 모습을 조심스럽게 바라보았다.

거기에는 한 명의 준수한 용모의 청년이 눈처럼 흰 백삼을 입고 한 손에는 술잔을 쥔 채 이쪽을 바라보고 있었다.

현공진인을 바라보는 것이 아니라 그 옆에 앉아 있는 현천자를 보고 있는 것이다.

"신군, 노도가 우매하여 마땅한 방법이 생각나지 않습니다. 용서하십시오."

대사형 현천자가 그렇게 말할 때 현공진인은 백삼청년의 얼굴을 재빨리 쳐다보았었다.

"아······."

현공진인 입에서 나직한 탄성이 새어 나왔다.

그때 봤었던 청년이 지금 상 너머에 앉아 있다.

무림에서의 천하제일인은 흰 백삼을 입었고, 눈앞의 이 청년은 점퍼를 입고 있는 것이 다를 뿐이다.

아니, 다른 게 또 하나 있다.

천하제일인은 수염을 길렀었는데 눈앞의 청년은 수염 없이 매끈했다.

현공진인은 다시 눈을 껌뻑거렸다.

눈앞의 청년이 그때의 천하제일인이 맞는지, 지금 이게 꿈인지 현실인지 분간하려고 현공진인은 눈을 쉴 새 없이 깜빡거렸다.

"이런 맙소사……."

어느 순간 현공진인의 바싹 마른 입술 사이로 중얼거림이 새어 나왔다.

한순간 그는 허파가 뒤집어질 정도로 혼비백산했다.

'저… 절대신군이시다!'

그는 재빨리 뒤로 물러나서 무릎을 꿇고 최대한 공손히 고개를 조아렸다.

"무당의 현공이 신군을 뵙습니다."

그의 몸이 저절로 와들와들 떨렸다.

무림에서는 감히 똑바로 쳐다보지도 못했던 절대신군이었다.

강도는 그를 쳐다보지도 않고 다금바리 회 한 점을 입에 넣고 우물우물 씹었다.

여전히 천장에 대롱대롱 매달려 있는 박하도는 아래에서 벌어지고 있는 광경을 보고는 아픔이 씻은 듯이 가셨다.

'시… 신군……'

그때 박하도의 손에서 단도가 쑥 뽑혔다.

"앗!"

그러나 그는 상 위에 떨어지지 않고 스르르 하강하더니 부복하고 있는 현공신인 옆에 살포시 내려졌다.

멍하니 정신이 나가 있는 박하도의 귀에 현공진인의 꾸짖음이 쑤셔 박혔다.

"뭐 하느냐? 어서 신군께 예를 취해라."

상 너머에 부복해 있는 두 사람을 느긋하게 바라보면서 강도가 물었다.

"현공, 정혈이 필요한가?"

"아… 아닙니다……."

정혈이 다 뭐냐?

목숨이 붙어 있는 것만으로도 감지덕지다.

현공진인은 이마를 바닥에 쿵쿵 찧었다.

"다시 묻겠다. 현천은 어디에 있느냐?"

"댁에 계실 겁니다."

"현천은 도맹에서 무얼 하느냐?"

"부맹주를 맡고 있습니다."

"맹주는 누구냐?"

현공진인은 고개조차 들지 못하고 대답했다.

"시… 신군이십니다."

"나라고?"

"그… 렇습니다."

강도는 쥐고 있던 술잔을 입속에 쏟아부었다.

"어째서 내가 도맹의 맹주냐?"

"신군께선 비단 도맹뿐만이 아니라 삼맹의 총맹주(總盟主)이십니다."

"삼맹의 총맹주라… 어떻게 된 일인지 설명해 보라."

현공진인이 설명하는 동안 박하도는 옆에서 숨조차 제대로 쉬지 못했다.

거리로 나선 강도 뒤에서 현공진인과 박하도가 깊숙이 허리를 굽혔다.

"살펴 가십시오."

조폭 똘마니들이 보스에게 하는 행동이라서 행인들이 신기한 듯 쳐다보았다.

강도는 걷다가 뒤돌아보았다.

"현천에게 한번 보자고 전해라."

그렇게 말하고 느릿느릿 걸어가는 강도 뒤에서 현공진인이 공손히 말했다.

"즉각 전하겠습니다."

미지는 울고불고 난리를 났다.

12시가 다 돼서 원룸에 찾아온 강도가 다짜고짜 주사 한 대를 놔주고는 헤어지자는 말을 했기 때문이다.

"저는 오빠 없으면 죽어요……."

미지는 강도 품에 안겨서 두 팔로 허리를 꼭 안고는 놔주지 않으면서 흐느껴 울었다.

사실 강도가 미지를 떼어놓으려고 하는 것 자체가 무리다.

그는 여자가 울면서 매달리는 것에 약하다.

더구나 그와 깊은 관계를 맺었던 여자가 이렇게 죽을 것처럼 울면서 매달리면 무장해제가 되고 만다.

결국 강도는 미지와 헤어지겠다는 말을 철회했다.

그러고는 미지가 부르면 꼭 오겠다는 약속까지 했다.

뿐만 아니라 마음의 상처를 입은 미지를 달래주느라 열심히 육체적인 봉사까지 해주었다.

새벽 1시에 귀가한 강도는 그때까지 자지 않고 기다리고 있는 엄마와 강주를 식탁으로 불렀다.

강도가 들어오지 않아서 자지 않고 기다리고 있던 엄마와 강주는 식탁에 나란히 앉아서 강도를 바라보았다.

"엄마, 내일 여기에 가보세요."

강도는 아까 보고 온 60평 아파트의 약도를 내놓았다.

"이게 뭐냐?"

강도는 부랴부랴 달려 나온 집주인과 계약한 계약서를 약도 옆에 펼쳤다.

"아까 아파트 한 채를 계약했어요."

"아파트를?"

엄마와 강주는 무슨 소리냐는 듯 강도를 바라보았다.

"그쪽 아파트가 비어 있으니까 아무 때나 이사하면 돼요."

엄마는 여전히 영문을 알 수 없다는 얼굴이다.

그런데 계약서를 살펴보던 강주가 비명을 질렀다.

"이, 이게 뭐야? 보람아파트 60평짜리를 계약한 거야?"

이 일대에서 보람아파트 단지는 부촌으로 통한다.

"그래."

"계… 약금 5천만 원 주고, 잔금 4억 남았네……?"

슥—

강도는 통장 하나를 엄마 앞에 내밀었다.

"엄마가 이걸로 잔금 치르고 필요한 것 사세요."

이번에도 강주가 통장을 펼쳐서 보더니 발딱 일어나며 비명을 질렀다.

"아앗!"

그녀는 넋 나간 얼굴로 중얼거렸다.

"이게 얼마야… 일십백천만십만백만……."

그녀는 털썩 주저앉았다.

"마… 말도 안 돼… 12억이야……."

그때까지도 엄마는 무슨 일인지 전혀 감을 잡지 못했다.

제13장
신군 귀환

　유빈은 집에서 멀지 않은 지하철역 근방의 커피 전문점으로 들어갔다.

　조금 전에 맹, 그러니까 범맹이라는 곳에서 유빈에게 연락이 왔었다.

　사람을 보낼 테니까 집 가까운 곳에서 만나자는 것이다.

　유빈은 순전히 타의에 의해서 무림으로 보내졌었고 그곳에서 5년이라는 긴 세월을 보냈다.

　그리고 그 5년의 절반 이상인 3년 동안을 한 남자의 아내로서 보냈었다.

　하지만 그 혼인은 단 1%의 강제성도 없었다.

목소리뿐인 사부는 그녀에게 젊고 건실한 청년 이강도를 소개해 주었다.

그러고는 아무것도 간섭하지 않았다.

이후 강도와 유빈은 서로에게 깊은 호감과 애정을 품게 되었으며 결국은 혼인을 했었다.

만약 유빈이 무림에 가지 않고 현 세계에서 강도를 만났다고 해도 그녀는 한 치의 주저 없이 그를 사랑하고 결혼을 했을 것이다.

그만큼 유빈은 강도를 사랑했다.

그러므로 강도에 대한 유빈의 사랑은 무림이든, 현 세계든 시공을 초월한 숭고한 것이었다.

유빈은 커피 전문점에 들어와 실내를 두리번거렸다.

그녀는 이곳에서 만나기로 한 사람이 누군지 모른다.

그때 저만치 창가 자리에 앉아 있던 여자가 벌떡 일어나더니 급히 유빈에게 다가왔다.

"주모."

그 여자는 두리번거리고 있는 유빈 앞에 서더니 남들이 보거나 말거나 공손히 허리를 굽혔다.

유빈은 예를 취하고 나서 허리를 펴는 여자를 발견하고는 깜짝 놀랐다.

"봉 아주머니."

그 여자는 강도의 심복 사대천왕 중에서 주작단을 맡고 있는 주봉이었다.

"언제 왔어요?"

주봉은 자신의 손을 놓지 않는 유빈을 자리로 이끈 다음에 공손히 대답했다.

"어젯밤에 왔습니다."

유빈은 강도와 혼인한 이후부터 신군성에서 살았었다.

그러면서 강도의 심복인 사대천왕하고 가까워졌으며 그중에서도 홍일점인 주봉과 제일 친했었다.

"나도 어젯밤에 왔어요."

"저는 주모와 비슷한 시간에 도착했습니다."

유빈은 무림에서 친했던 주봉을 만난 것이 말할 수 없을 만큼 반가웠다.

그렇지만 뭐니 뭐니 해도 주봉을 만나서 반가운 가장 큰 이유는 그녀에게서 남편 강도에 대한 소식을 들을 수 있을 거라는 기대 때문이다.

"다른 분들도 다 오셨나요?"

"아닙니다. 저만 왔습니다."

다른 분이란 사대천왕의 세 명이다.

"그분께선……."

유빈이 기대하는 표정으로 조심스럽게 입을 열자 주봉은 쓸쓸한 얼굴로 고개를 저었다.

"주군께선 행방불명 상태예요."

한껏 기대하고 있던 유빈의 얼굴에 절망의 기색이 역력하게 드리워졌다.

"무슨 말이죠? 그분이 어디에 계신지 모른다는 말인가요?"

"네."

집에서 기다리고 있으면 남편의 소식이 전해질 것이라고 철석같이 믿었던 유빈은 안색이 해쓱해져서 아무 말도 하지 못했다.

"그런 무책임한 말이 어디에 있어요?"

"맹에서는 전력으로 주군을 찾고 있어요."

현 세계에 돌아오면 당연히 남편을 만날 것이라고 믿었던 유빈은 절망에 빠졌다.

주봉은 통유리를 통해서 거리를 바라보고 있는 유빈을 쳐다보았다.

유리에 비친 유빈의 얼굴을 본 주봉은 가슴이 쓰렸다.

거울이나 마찬가지인 유리에 비친 유빈은 울고 있었다.

한참 기다린 후에 주봉은 오늘 이곳에 찾아온 용건을 조심스럽게 꺼냈다.

"주모, 내일 맹에 나오세요."

"그분도 없는 곳에 내가 가야 할 필요가 있나요?"

"그러니까 더욱 나오셔야 합니다. 주모께서 지휘하셔서 주군을 찾아내야죠."

그 말에 유빈은 눈물을 닦으면서 주봉을 바라보았다.

"무슨 말이죠?"

"주모께서 맹에 계셔야지만 주군께서 맹에 돌아오실 가능성이 크다는 뜻이에요."

"무슨 뜻인지 모르겠어요."

주봉은 어젯밤에 현 세계의 범맹에 도착해서 담당자에게 들었던 얘기를 설명해 주었다.

지금으로부터 4일 전에 범맹에서 무림에 있는 절대신군을 현 세계로 시간 이동 즉, 월계를 실행했다는 것.

그런데 절대신군을 필요로 하는 불맹과 도맹이 동시에 시간 비틀기인 트위스트를 하는 바람에 그가 정확한 위치에 도착하지 못했으며 코드가 헝클어져 버렸다는 것.

현재로서 두 가지 가능성이 있다.

첫째는 절대신군이 시간 밖으로 이탈하여 '시간 미아'가 됐을지도 모른다는 것.

그럴 경우 절대신군은 현 세계가 아닌 다른 시대에서 살아가고 있을 것이다.

둘째는 그가 무사히 현 세계에 도착했으면 필경 삼맹 중에 한 군데와 연결이 되어 그곳의 일을 하고 있을 것이라는 사실이다.

"주모께서 현 세계 사람이라는 사실을 주군께선 모르고 계십니다. 그러니까 주모께서 범맹에 와계시면 주군께서 찾아오실 거라는 이치입니다."

"왜 그렇게 자신이 없는 거죠?"

"무슨 말씀이신지……."

"그분은 원래 범맹 소속이라면서요?"

주봉은 고개를 가로저었다.

"그게 아니랍니다."

"그럼 뭐죠?"

"주군은 어디 소속도 아니시랍니다. 그래서 삼맹이 서로 맹주로 모셔가려고 야단법석이라는 겁니다."

유빈은 이해할 수 없다는 듯 고개를 갸웃거렸다.

"그렇지만 조금 전에 범맹에서 무림에 계신 그분을 월계했는데 다른 맹에서 트위스트를 해서 시간 이탈을 하셨다고 그랬잖아요?"

주봉은 애매한 표정을 지었다.

"거기에 대해서는 저도 잘 모릅니다."

그녀는 낮은 한숨을 내쉬었다.

"저도 주군이나 주모처럼 현 세계에 있다가 어느 날 갑자기 무림으로 날아갔었으니까요."

"아……."

유빈은 의아한 얼굴로 물었다.

"봉 아주머니는 현 세계에서 무얼 하셨나요?"

"저는 군인입니다."

유빈은 43세의 중년인 주봉이 군인 즉, 여군일 줄은 꿈에도 몰랐었다.

"현역 해군 중령입니다."

"그랬군요."

주봉은 자신이 매스컴에서도 몇 번이나 취재를 한 꽤 유명한 해군이라는 말은 하지 않았다.

"내일 주모께 차하고 사람을 보내겠습니다. 꼭 나오세요."

"내일은 곤란해요. 연주회 때문에 사람을 만나기로 했어요."

차이코프스키 바이올린 콩쿠르에서 영예의 그랑프리를 차지했던 유빈을 국내 클래식 애호가들이 가만히 내버려 둘 리가 없다.

"그럼 언제쯤 시간이 나실지 말씀해 주세요."

주봉은 물러서지 않았다.

현재 대한민국이 처해 있는 급박한 상황에 대해서 설명을 들었기 때문이다.

그러려면 반드시 절대신군이 범맹에 돌아와야 한다고 범맹의 간부급들이 목에 핏대를 세우면서 역설을 했었다.

*　　　*　　　*

강도가 새 아파트를 계약했다는 사실 때문에 엄마와 강주는 잠을 이루지 못했다.

이게 꿈이 아니냐, 우리 아들 강도가 언젠가는 큰 인물이 될 줄 알았다는 둥 엄마는 몇 마디 하다가는 감동의 눈물을 흘리기를 반복했다.

"엄마, 방이 다섯 개래. 화장실이 두 개고."

강주는 베개를 안고 이리 뒹굴, 저리 뒹굴거리면서 했던 말을 하고 또 했다.

"엄마, 오빠가 준 12억으로 뭐 할 거야?"

"뭐 하긴, 쓰지 말고 잘 놔둬야지."

"엄마도 참."

강주는 엄마 쪽으로 돌아누웠다.

"오빠가 앞으로 돈 계속 펑펑 벌어서 엄마 줄 거니까 그 돈 다 쓰랬잖아."

"그래도 강도가 힘들게 번 돈을 어떻게⋯⋯."

"오빠가 단 며칠 만에 12억씩이나 벌었는데 그게 힘들게 번 거 같아?"

"강주야, 너 정말 오빠 소리 잘 하는구나?"

"그야 5분 일찍 태어났어도 오빠는 오빠니까, 뭐."

그때 강도가 주방으로 나오는 기척이 나자 엄마와 강주는 발딱 일어나서 밖으로 나갔다.

두 사람은 외출복 차림으로 현관에서 신을 신고 있는 강도를 보고 깜짝 놀랐다.

"어디 가니?"

"급한 연락이 와서 잠깐 나갔다가 오겠습니다."

강주가 아는 체했다.

"오빠, 사업 때문에 누구 만나는 거구나?"

"그래."

잠옷 차림의 엄마와 강주는 강도에게 달려들어 있지도 않은 먼지를 털어주고 옷깃을 바로 해주느라 부산을 떨었다.

임대 아파트를 나온 강도는 큰길로 걸어 나갔다.

새벽 2시가 넘은 시간에 그에게 전화를 한 사람은 무당파 장문인이며 현재 도맹의 부맹주인 현천자였다.

어두컴컴한 거리에는 사람이 한 명도 보이지 않았다.

임대 아파트 정문 앞 도로와 큰길이 만나는 지점에 두 사람이 서 있는 모습이 보였다.

강도는 거기에 서 있는 두 사람 중에 한 명이 현천자라는 것을 한눈에 알아보았다.

저벅저벅…….

강도는 20m 거리를 성큼성큼 걸어갔다.

그때 갑자기 현천자와 그 옆의 사람이 걸어오는 강도를 향해서 그 자리에 무릎을 꿇었다.

그러고는 이마를 바닥에 대며 절을 올렸다.

두 사람은 강도가 걸어가서 그 앞에 멈출 때까지 부복한 자세로 움직이지 않았다.

강도는 잠시 현천자를 굽어보다가 조용히 입을 열었다.

"일어나게, 현천."

스우우…….

두 사람의 몸이 부복한 자세 그대로 느릿하게 공중으로 스르르 떠올랐다.

"아……."

두 사람 중에 정장을 입은 젊은 청년은 놀란 얼굴로 나직한 탄성을 흘렸다.

그렇지만 현천자는 빙그레 잔잔한 미소를 머금었다.

두 사람은 공중에서 저절로 부복했던 자세가 펴져서 두 발이 땅에 가볍게 내려섰다.

수수한 점퍼 차림에 반백의 희끗한 머리카락, 네모 각진 얼굴을 지닌 50대 중반의 현천자는 강도를 물끄러미 바라보다가 이윽고 두 손을 앞에 모으고 고개를 숙였다.

"신군, 반년 만에 뵙습니다."

반년 전, 절대신군이 구파일방의 장문인과 장로들을 신군성으로 불렀을 때가 마지막 만남이었다.

"얼굴이 수척해졌군."

현천자는 얼굴을 쓰다듬으며 미소 지었다.

"나이를 먹으니까 걱정이 많아져서 그렇습니다."

그의 실제 나이는 74세인데 무공이 삼화취정의 경지에 이른 이후부터 조금씩 나이를 거꾸로 먹기 시작했다.

그는 도로변에 서 있는 검은색 승용차를 가리켰다.

"바쁘지 않으시면 노도가 모시겠습니다."

"어딜 가게?"

"신군께서 좋아하시는 곡주를 대접하겠습니다."

강도는 길 건너에 있는 24시 감자탕집을 턱으로 가리켰다.

"저기 가지."

그는 수하들에게 의향을 묻는 적이 없다.

그의 말이 곧 법이기 때문이다.

강도와 현천자는 감자탕집 상을 마주하고 앉았다.

"너, 신군께 인사드려라."

현천자는 옆에 무릎 꿇고 있는 헌칠한 청년에게 말했다.

"처음 뵙겠습니다."

청년이 넙죽 고개를 숙여 이마를 바닥에 대는 걸 가리키면서 현천자가 공손히 말했다.

"노도의 장손입니다. 예쁘게 봐주십시오."

강도는 고개를 끄떡일 뿐 별말 하지 않았다.

현천자는 무림에서 무당파 도사였지만 현 세계에서는 가정을 이루고 있는 평범한 노인이다.

"현천은 무림에 얼마나 있었지?"

아줌마가 감자탕 냄비를 내려놓고 불을 켜고 물러가자 강도가 넌지시 물었다.

"65년 있었습니다. 코흘리개 때 무당파에 입문해서 장문인까지 됐으니까 꽤 오랜 세월이었죠."

그래 봐야 현 세계에서는 65분, 1시간 5분이다. 낮잠 푹 자고 일어나니까 무림에 65년 동안 다녀왔을 것이다.

"한 잔 올리겠습니다."

"할아버지, 제가 따르겠습니다."

현천자가 두 손으로 공손히 강도에게 잔을 내미는데 옆에 있는 손자가 손을 뻗었다.

"물러나라. 네가 나설 자리가 아니다."

현천자는 손자를 꾸짖고 나서 빈 잔을 건네받은 강도에게 두 손으로 소주병을 기울였다.

"용서하십시오. 아직 철이 없습니다."

현천자의 장손 구명훈은 무림에 갔다 온 적이 없다.

다만 무림과 삼맹에 대해서 할아버지인 현천자에게 말로 설명을 들었기 때문에 웬만큼 알고 있다.

그렇지만 알고 있는 것과 그것을 믿는다는 것에는 큰 차이가 있다.

구명훈은 현천자가 해준 얘기를 알고 있는 것이지 그걸 완전히 믿는 것은 아니다.

그러므로 현천자가 신군에 대해서 품고 있는 존경심을 구명훈에게 기대하는 것은 무리다.

"현재 상황은 굉장히 나쁩니다."

술이 몇 잔 돌고 나서 현천자 구인겸이 심각하게 말했다.

"이대로라면 대한민국은 올해를 넘기지 못하고 마계와 요계가 절반씩 반분(半分)할 것 같습니다."

강도는 대화 중에 현천자 구인겸이 대한민국 재계 1위 그룹인 대양그룹의 총수라는 사실을 알게 되었다.

대양그룹은 전자와 중공업, 금융이 주력 업종이다.

전자 쪽은 세계 톱클래스를 달리며 세계 시장을 35% 이상 장악하고 있다.

중공업은 우주 항공과 조선업, 방위산업 3개 업종에서 약진하고 있는 중이다.

강도에게 충성을 맹세한 얏코는 대한민국이 매우 위험한 상황이라고 말했었다.

그런데 구인겸의 말은 그보다 더 절박했다.

"마계와 요계가 손을 뻗치지 않은 곳이 없습니다."

"대양그룹은 어떤가?"

"말도 마십시오. 그룹의 80% 이상이 놈들에게 넘어가서 좌지우지되고 있는 실정입니다."

"그렇지 않아요, 할아버지."

구인겸이 말하는데 장손 구명훈이 끼어들었다.

"이놈! 네가 나설 자리가 아니라고 했거늘!"

구인겸이 쩌렁하게 꾸짖자 구명훈은 고개를 숙이고 물러나지만 얼굴에는 불복하는 표정이 역력했다.

강도가 구명훈에게 고개를 끄떡여 보였다.

"할 말이 있으면 말해보십시오."

구인겸이 펄쩍 뛰었다.

"말씀 낮추십시오. 노도의 손자입니다."

"그래도 어찌 그런가."

구인겸은 뒤로 물러나 무릎을 꿇고 이마를 바닥에 댔다.

"노도는 신군의 수하입니다. 잊으셨습니까? 2년 전에 구파 일방의 장문인들은 신군께 충성을 맹세했었습니다."

할아버지는 진심으로 말하는데 손자는 그 광경을 보고 어이없다는 표정을 지었다.

칠순 노인이 20대 청년에게 칭신(稱臣)하는 광경을 보고 있는 손자의 마음이 좋을 리가 없다.

강도는 구명훈을 쳐다보았다.

"말해보십시오."

그는 수하의 손자라고 해서 초면에 함부로 하대를 하고 싶지 않았다.

무림에서 그랬던 것처럼, 충심으로 그에게 굴복하는 인물에게만 하대한다는 것이 그의 원칙이다.

강도의 계속된 존대에 구인겸은 좌불안석이다.

그러나 27세의 젊은 구명훈은 그런 것에 구애받지 않고 자신의 할 말을 당당하게 했다.

"저희 그룹은 할아버지께서 말씀하신 것처럼 위험한 상황이 아닙니다."

"무슨 근거입니까?"

"할아버지께서 마계와 요계에 대해서 설명해 주신 직후에 저는 무장 레인저 팀을 만들었습니다. 그룹이 정말 위험에 처해 있다면 그걸 찾아내서 박살 내기 위해서입니다."

강도는 현천자가 따라주는 술을 받으며 구명훈의 말을 계속 들었다.

"그렇지만 그룹의 37개 계열사 그 어디에서도 할아버지께서 말씀하신 마계나 요계는 발견되지 않았습니다."

"무장 레인저 팀의 구성원은 누굽니까?"

구명훈의 표정은 자신만만했다.

"전직 특전사 707특임대나 해병 수색대원, 경찰 특공대 출신 50명으로 이루어졌습니다. 뿐만 아니라 국내에서 내로라하는 각 방면의 두뇌들을 영입하여 그룹 전체를 샅샅이 점검시켰습니다."

구인겸은 못마땅한 얼굴로 손자를 꾸짖었다.

"너는 언제 그런 걸 만들었느냐?"

"제가 명색이 그룹 기획실장인데 할아버지 말씀을 듣고서 아무것도 하지 않았겠습니까?"

구인겸은 강도에게 양해를 구하듯 말했다.

"노도는 그저 이 아이가 그런 사실을 알고 있으라는 뜻으로 설명했던 것입니다."

강도는 고개를 끄떡이며 구명훈에게 넌지시 물었다.

"무장 레인저 팀은 마족과 요족을 식별할 수 있습니까?"

"그럴 거라고 자부합니다. 무장 레인저 팀은 최첨단 장비들을 갖추었거든요."

강도는 이번에는 구인겸에게 물었다.

"손자에게 마족과 요족을 직접 보여준 적이 있나?"

"그런 적 없습니다."

강도는 구명훈에게 다시 물었다.

"무장 레인저 팀이 어떤 방법으로 그룹의 37개 계열사 전체를 조사했습니까?"

구명훈은 미소를 지었다.

"마계와 요계가 생산직을 잠식할 거라고는 생각하지 않았기 때문에 전체 임직원을 상대로 한 명씩 철저하게 조사했습니다. 결과는 안전하다는 것이었습니다."

구인겸은 쓸쓸하게 웃었다.

"보시다시피 이놈이 이렇습니다."

강도는 구인겸에게 술을 따라주며 물었다.

"도맹 이동간 한번 써도 되겠나?"

구인겸은 두 손으로 공손히 술을 받고 나서 황망히 손사래를 쳤다.

"한 번이 뭡니까? 이제부터는 도맹의 공계와 월계를 마음대로 사용하십시오."

그는 두 손을 내밀었다.

"신군 휴대폰 좀 주십시오. 제가 정보를 옮겨 드리고 공월계 앱을 깔아드리겠습니다."

공계와 월계를 합쳐서 '공월계'라고 하는 모양이라고 생각하면서 강도는 휴대폰을 꺼내주었다.

구인겸은 강도의 휴대폰을 이리저리 살펴보았다.

"이 기종은 하품입니다."

그는 품속에서 작은 상자 하나를 꺼내 강도에게 내밀었다.

"신군께서 현 세계에 오시면 드리려고 따로 만든 것입니다. 한번 보십시오."

강도가 상자를 여니까 이상한 모양의 시계가 나왔다.

"이게 휴대폰인가?"

"그렇습니다."

구인겸은 작동법을 일일이 가르쳐 주었다.

"숙지하셨습니까?"

"됐네."

구인겸은 10분 동안 약 30가지의 사용법을 딱 한 번 설명해 주었다.

이어서 강도의 원래 휴대폰에 있던 정보들을 새 휴대폰에 옮기고 나서 두 개 모두 강도에게 주었다.

강도는 얏코에게 전화를 걸었다.

"지금 와라."

—부천인가요? 한 시간 내로 갈게요.

"너 있는 곳의 좌표를 내 휴대폰으로 전송해라."

—그럼 되나요?

"그래."

구인겸은 누구냐고 묻지 않았고 강도 역시 설명하지 않았다.

강도는 얏코가 보내준 좌표를 받아 이곳 좌표를 입력한 후에 공계 이동간에서 조금 전에 배운 '프리무브먼트' 버튼을 눌렀다.

스으으…….

1초도 지나지 않아서 강도 옆에 갑자기 홀로그램 같은 영상이 나타나서 슬쩍 이지러지는 것 같더니 곧 얏코가 모습을 드러냈다.

그런데 란제리 같은 짧은 원피스 잠옷을 입고 있다.

더구나 브래지어를 하지 않은 젖가슴과 속이 훤하게 다 내비쳤다.

"어멋?"

얏코는 주위를 둘러보더니 화들짝 놀라면서 성숙한 몸뚱이를 강도 뒤로 감추었다.

"혼자 계신 줄 알았잖아요……."

"내가 혼자 있으면 널 왜 부르겠느냐?"

지금 시간이 새벽 2시 40분쯤이니까 얏코는 강도가 섹스를 하자는 것인 줄 알고 잠옷 바람에 날아온 것이지만 그런 속마음을 말할 수는 없다.

강도가 정신이상이 되지 않고서는 자발적으로 요괴하고 섹스는 하지 않을 것이다.

강도는 자신의 뒤에 꼭 붙어 있는 얏코를 내버려 둔 채 구명훈을 쳐다보았다.

"이 여자 뭐 하는 사람인 것 같습니까?"

구명훈은 강도 어깨 너머로 민낯의 청순하고도 요염한 얼굴을 살짝 내민 얏코를 보면서 엷은 미소를 지었다.

"여자 탤런트거나 아니면 잘나가는 서울의 유명 룸싸롱녀 같습니다."

"얏코야."

"네, 신군."

얏코는 알게 모르게 풍만한 가슴을 강도의 등에 지그시 누르면서 교태스럽게 대답했다.

"네가 누군지 저분에게 알려 드려라."

"행동으로요?"

"그래."

구명훈이 당황해서 두 손을 저었다.

"아아… 저는 됐습니다."

그는 얏코가 자신을 유혹하려는 것이라고 오해했다.

펄럭……

그때 얏코가 훌쩍 상을 뛰어넘어 구명훈에게 온몸으로 덮쳐갔다.

"허엇?"

얏코가 그럴 줄은 예상하지 못했던 구명훈은 깜짝 놀라서 상체를 뒤로 자빠뜨렸다.

휘익!

그런데 덮쳐들던 얏코가 한 손을 그에게 쭉 뻗었다.

그녀의 팔이 2배로 길어지고 손가락은 3배 이상 길어지더니 혼비백산한 표정을 짓고 있는 구명훈의 목을 한 손으로 덥석 움켜잡았다.

"끅……"

탓!

그러고는 방향을 바꿔 입구 쪽으로 바람처럼 구불구불 쏘아갔다가 곧 시야에서 사라졌다.

구인겸은 입구 쪽을 힐끗 돌아보더니 강도의 빈 잔에 술을 따랐다.

"고집이 센 편입니다."

"고집이 없는 것보다는 낫네."

강도는 새로 얻은 손목시계형 휴대폰의 어느 장치를 눌렀다.

"이렇게 하면 되나?"

"행방 추적이군요? 그렇게 하시면 됩니다."

손목시계 화면에 감자탕집을 중심으로 한 지도가 나타나더니 한쪽 구석에서 작고 빨간 불이 반짝였다.

그 부위를 살짝 터치하니까 화면이 확대되면서 어떤 동영상이 나타났다.

그곳은 어느 건물의 옥상이었다.

GPS가 얏코와 구명훈의 모습을 실시간으로 보여주고 있는 것이다.

얏코가 자신의 좌표를 강도에게 전송되는 순간부터 그녀는 강도의 손아귀에서 벗어나지 못한다.

옥상 구석에 처박힌 자세인 구명훈은 공포에 질려 있는 표정이다.

얏코는 요계 4위 말라칼의 참모습을 드러낸 상태에서 구명훈에게 천천히 다가들고 있다.

"너 아주 싱싱하게 생겼구나, 응?"

얏코는 조금 전의 아름다운 모습이 아니다.

쭉 찢어진 양쪽 눈이 V 자로 치켜 올랐으며, 이마 한가운데에는 붉은 별 표식이 튀어나왔고, 약간 크게 벌린 입속에는 피라니아 같은 이빨 수십 개가 날카롭게 솟아 있었다.

그녀가 살던 외방계에서는 이 모습이 수많은 동물들 중에서 최상위 포식자였다.

그런데 현 세계에서는 이 모습을 요괴라고 부른다.

"으으으… 저리 가라, 요괴……."

구명훈은 태어나서 처음으로 요괴의 모습을 코앞에서 보고는 공포에 질려서 소리쳤다.

얏코는 구석으로 몰린 구명훈에게 바싹 다가가 안는 듯한 자세로 머리를 쓰다듬으며 군침을 흘렸다.

"호호! 너처럼 잘생기고 싱싱한 젊은 인간을 먹어본 지가 꽤 오래됐구나."

구명훈은 강도가 갑자기 전송해 온 아리따운 여자가 이런 요괴일 줄은 꿈에도 몰랐다.

순간 구명훈은 자신이 정장 안주머니에 권총을 갖고 있다는 사실을 기억해 냈다.

타앙!

얏코에게 거의 안겨 있는 구명훈은 그녀의 왼쪽 가슴 심장에 정확하게 총알 한 방을 먹였다.

그는 그걸로 이 흉측한 요괴를 죽였다고 믿었다.

"아프잖아."

그런데 얏코, 아니, 요계 4위 말라칼의 흉측한 얼굴이 사납게 일그러졌다.

그녀는 총알이 심장을 관통했는데도 죽지 않았다.

"이놈 진짜 먹어버려야겠어."

"흐으으……."

구명훈은 말라칼이 거대한 아귀가 입을 쩍 벌린 것처럼 어마어마하게 크게 벌린 입으로 자신의 머리를 덥썩 무는 것을 느끼고 처절한 비명을 질렀다.

"끄아……."

그러나 그는 비명을 끝까지 지르지 못했다.

그의 머리통이 통째로 말라칼의 입속으로 빨려 들어갔기 때문이다.

구명훈은 미친 듯이 발버둥을 쳤지만 마치 머리를 소용돌이 속에 들이민 것처럼 어깨와 가슴이 빠르게 말라칼의 입속으로 빨려 들어갔다.

쑤우우…….

"얏코."

그때 건물 바깥쪽에서 강도가 옥상 위로 솟구쳐 오르며 나직하게 말라칼을 불렀다.

구명훈을 허리까지 삼킨 말라칼은 조금 전보다 몸집이 두 배 이상 커졌다.

뿐만 아니라 구명훈을 삼키고 있는 거대한 입만 보이고 위쪽으로 바늘구멍처럼 작아진 눈이 깜빡거리면서 동작을 멈추었다.

슷…….

강도는 옥상 난간에 가볍게 내려섰다.

"뱉어라."

말라칼은 두말없이 구명훈을 뱉었다.

스르르······.

쿵!

구명훈은 바닥에 축 늘어졌으며 말라칼은 빠르게 얏코의 모습으로 환원했다.

그때 강도 옆에 현천자 구인겸이 솟구쳐서 내려섰다.

그는 끈적끈적한 체액이 범벅되어 바닥에 늘어져 있는 구명훈을 발견하곤 어떻게 된 일인지 알아차렸다.

그는 난간에 선 채 몇 줄기 지풍을 날려서 구명훈의 상체 몇 군데 혈도를 가볍게 격타했다.

파파팍······.

"우웩!"

구명훈의 몸이 꿈틀거리더니 상체를 벌떡 일으키면서 토악질을 해댔다.

그는 두 다리를 쭉 뻗고 앉아서 눈을 껌뻑거리면서 정신을 수습하다가 천천히 주위를 둘러보았다.

"끄악!"

다음 순간 1m 옆에서 얌전한 자세로 앉아 있는 아리따운 얏코를 발견하고는 기겁하여 뒤로 마구 물러났다.

공포에 질린 구명훈의 귀에 강도의 조용한 목소리가 들렸다.

"그녀는 요계 4위인 말라칼인데 경험해 본 소감이 어떻습니까?"

구명훈은 부들부들 몸을 떨었다.

"으으……."

얏코는 입맛을 다셨다.

"먹음직스러웠는데 아깝군요."

강도가 물었다.

"얏코, 인간을 먹느냐?"

"사시미로 먹을 때가 가장 맛있어요."

"어으으……."

구명훈은 자신의 몸이 얇게 회로 떠지는 상상을 하면서 기겁했다.

얏코는 차분하게 말했다.

"우리 종족은 식인 습관은 없어요."

강도가 생각난 듯 물었다.

"너희 종족을 뭐라고 부르느냐?"

"마족은 지저세계에서 살았기 때문에 초음파를 사용하지만 우린 언어를 사용했어요."

"그래?"

"우리 언어로는 우리 종족을 와다무(Wadamu)라고 불러요."

구인겸이 깜짝 놀라는 표정을 지었다.

"와다무는 스와힐리어의 음와다나무하고 비슷하군요."

"그게 뭔가?"

"스와힐리어는 동아프리카 지역의 공용어입니다."

얏코가 말했다.

"우리 종족의 언어가 스와힐리어의 모태예요. 50만 년 전 우리 고향이 동아프리카였으니까요."

구인겸은 고개를 끄떡였다.

"스와힐리어로 음와다나무는 '인류' 혹은 '인간'이라는 뜻입니다."

"우리 언어로 와다무는 '인류', '인간'이라는 뜻이에요."

그렇다면 요계의 요족은 자신들을 인류, 인간으로 여기고 있다는 뜻이다.

구인겸이 무겁게 신음을 흘렸다.

"그렇다면 요계의 와다무 조상은 무엇이오?"

얏코는 눈을 빛냈다.

"인간들의 역사서를 공부해 보니까 우리 와다무의 조상은 호모에렉투스였던 것 같아요."

강도는 미간을 좁혔다.

"호모에렉투스?"

인중병원 원장실 귀매 소대장이었던 여비서가 자신들의 조상이 호모에렉투스라고 말했었다.

인류학과 고고학에 상당한 지식을 지니고 있는 구인겸이 놀란 얼굴로 물었다.

"우리 현생 인류인 호모사피엔스는 호모에렉투스에서 갈라져 나왔소. 그렇다면 요계가 우리와 같은 조상을 갖고 있었다는 말이오?"

얏코는 차분한 표정을 지었다.

"우리에게도 역사서가 있어요. 그것과 인간의 역사서를 비교, 분석해 보면 우린 같은 조상인 호모에렉투스에서 파생된 것 같아요."

"그렇다면 요계는 호모에렉투스에서 무엇으로 진화한 것이오? 아니면 거기에서 진화가 멈춘 것이오?"

"우린 호모에렉투스에서 진화하여 인간의 관점에서 본다면 호모에렉투스 솔로엔시스가 되었어요."

"아……."

구인겸은 적잖이 놀랐다.

"솔로엔시스는 우리 인류의 바로 위 직계 조상이었소. 그러나 멸종한 것으로 알았는데……."

"우린 30만 년 전 빙하기 때 추위를 피해서 지금의 인도네시아의 정글로 들어갔었고, 나중에 거기도 얼음으로 뒤덮이자 외방계를 찾아내서 그곳으로 대거 이주했어요."

"아… 그랬던가? 그렇다면 그대들은 자바원인이었군."

솔로엔시스를 달리 자바원인이라고도 한다.

호모에렉투스는 인류의 발상지인 동아프리카를 떠난 최초의 인간이었다.

지금으로부터 170만 년 전에 출현하여 불과 도구를 사용했으며 옷을 입었다.

호모에렉투스는 솔로엔시스로 진화하여 10만 년 전까지 이어져 오다가 그중 한 갈래가 지금의 인류인 호모사피엔스로 진화했다.

그렇다면 요계는 솔로엔시스까지 진화했다가 빙하기를 만나 외방계로 이주했다는 얘기다.

그러고는 외방계의 환경에 맞게 다시 진화를 거듭하여 오늘날의 모습이 되었을 것이다.

일행은 다시 감자탕집으로 돌아왔다.

구명훈은 얏코에게 당한 충격이 너무 큰 나머지 차에서 쉬겠다면서 갔다.

강도는 볼일이 끝난 얏코를 이동간을 이용해서 돌려보냈다.

"어떻게 하시겠습니까?"

단둘이 남게 되자 현천자 구인겸은 진지한 얼굴로 본론을 꺼냈다.

"현재 삼맹은 전부 맹주가 없습니다. 신군을 맹주로 모시기 위해서 기다리고 있는 것입니다."

"삼맹의 목적은 같지 않은가?"

"그렇습니다."

더 이상 물어보지 않아도 삼맹이 어째서 따로 노는지 이유를 알 것 같았다.

원래 무림인들은 파벌이 심한 편인데 그중에서도 불가와 도가가 특히 심했다.

여북하면 같은 불가끼리, 혹은 도가끼리도 출신 성분을 놓고 심각한 계파 갈등을 빚겠는가.

"지금으로선 신군께서 나서서 삼맹을 일통시키는 방법이 유일합니다."

강도와 구인겸은 벌써 다섯 병째 소주를 마시고 있다.

"삼맹 전부 합쳐봐야 싸울 수 있는 외전사는 5천 명이 채 안 됩니다."

구인겸의 얼굴이 어두워졌다.

"마계와 요계의 전사 수가 얼마나 되는지는 정확하게 집계되지 않았습니다. 하지만 현재 활동하고 있는 마군과 요군(妖軍)의 대략적인 수만 놓고 봤을 때 최소 각 10만을 훨씬 상회합니다."

그럼 마군과 요군을 합하면 20만이다.

요군에 대해서는 얏코에게 물으면 알 수 있다.

그러나 요군 하나만 봤을 때 10만보다 많으면 많았지 적지는 않을 것이다.

"그래서 삼맹은 신군을 모시는 일에 더 결사적인 겁니다."

"그래서라니?"

구인겸의 입에서 놀라운 사실이 흘러나왔다.

"신군만이 무림에서 고수들을 불러올 수 있기 때문입니다."

강도의 얼굴이 조금 굳어졌다.

"무슨 뜻이지?"

"신군께선 천하 무림을 일통하셨습니다."

구인겸은 강도가 고개를 끄떡이는 걸 보면서 말을 이었다.

"무림의 정, 사, 마, 요 전체가 신군께 목숨으로 충성을 맹세했습니다."

강도는 갑자기 소유빈이 생각났다.

그는 천하 무림을 일통한 후 신군성에서 대연회를 베풀기 전에 명상의 방에서 갑자기 사라졌었다.

소유빈에게 작별의 인사를 할 겨를도 없었다.

"그들은 현 세계 사람이 아닌 순수 무림인들입니다. 그렇기 때문에 본인들의 동의 없이는 무림에서 현 세계로 초환(招還:불러오는 것)할 수가 없습니다."

"나더러 그들을 부르라는 건가?"

"그러시려고 천하 무림을 일통하신 게 아닙니까?"

"……"

강도는 머릿속에서 팽팽하게 잡아당기고 있던 줄이 툭…하고 끊어지는 느낌을 받았다.

구인겸은 진지하게 말했다.

"신군께 굴복한 정, 사, 마, 요 무림 고수들을 현 세계로 초환하면 마계, 요계하고의 전쟁에 승산이 있을 겁니다."

강도는 불현듯 목소리뿐인 사부가 생각났다.

분명히 목소리뿐인 사부가 이 모든 걸 꾸몄을 것이다.

그는 현 세계에서 수천 명을 선택하여 무림에 보냈다가 다시 소환을 하고, 또 그들이 귀환하면 마계, 요계와 싸울 수 있도록 삼맹을 만드는 등 치밀하게 준비를 해두었다.

"정말 대단하십니다, 신군."

"뭐가 말인가?"

구인겸은 자세를 바로하고 얼굴 가득 존경심을 떠올렸다.

"현 세계가 혼돈에 빠지리라는 사실을 미리 예견하시고 이 모든 것을 다 준비하셨으니 말입니다."

"……."

강도는 술잔을 들다가 뚝 멈췄다.

구인겸을 고개를 숙였다.

"신군께선 이 시대의 진정한 절대자이십니다."

강도는 해머로 뒤통수를 무지막지하게 강타당한 충격을 받았다.

'이런……'

강도가 목소리뿐인 사부가 했을 것이라고 믿는 이 모든 것들을, 구인겸은 강도가 준비했다고 믿는 것이다.

그렇다면……

불맹과 도맹의 인물들도 구인겸 같은 생각을 하고 있을 가능성이 크다.

강도의 얼굴이 차갑게 굳어졌다.

'사부인지 나발인지 이 작자, 도대체 무슨 꿍꿍인 거야?'

강도는 구인겸과 단둘이 2시간 동안 술을 마시면서 대화를 나누다가 집에 돌아왔다.

강도는 구인겸과 나눈 대화 때문에 머리가 복잡했다.

새벽 5시가 다 됐는데도 엄마와 강주는 자지 않고 얘기를 나누다가 현관문 여는 소리에 달려 나왔다.

"술 마셨어?"

"응, 조금."

강도가 방으로 들어가는데 강주가 따라 들어왔다.

"오빠, 잠깐 할 얘기가 있어."

강주는 문을 닫고 강도를 의자에 앉게 하더니 자신은 그 앞에 섰다.

"오빠, 나한테 이상한 주사 한 대 놔줬잖아?"

"그래."

"그 주사 맞고 나서 나 이상해졌어."

"뭐?"

강도는 가슴이 철렁했다.

"이거 봐봐."

무릎까지 내려오는 헐렁한 원피스 잠옷을 입은 강주는 두 손으로 잘록한 허리를 조이듯이 잡았다.

"나 달라진 것 같지 않아?"

강도는 두 손으로 허리를 조이면서 잠옷을 한껏 잡아당겨서 몸의 굴곡이 드러난 강주의 아래위를 훑어보았다.

"글쎄······."

"하나밖에 없는 여동생한테 이렇게 관심이 없다니까?"

강주는 차렷 자세를 취했다.

"나 키가 커졌어. 그것도 5㎝씩이나, 말이 돼?"

그녀는 두 손으로 유방 아래를 받치고는 무게를 다는 것처럼 흔들어 보였다.

"그것뿐인 줄 알아? 봐봐, 가슴도 커졌어. 나 원래 B컵이었는데, 이거 봐봐. 브래지어가 작아졌어. 아마 C컵은 해야 될 것 같아."

강도가 말리려는데 강주는 벌써 잠옷을 홀렁 벗었다.

손바닥만 한 팬티와 작은 브래지어를 하고 있어서 유방이 브래지어를 터뜨릴 것만 같았다.

"이거 봐, 그치? 가슴이 2~3인치는 커진 것 같아. 그뿐인 줄 알아?"

강주는 몸을 틀어서 옆모습을 보여주며 가슴과 엉덩이를 내밀었다.

"키가 커진 데다 가슴과 엉덩이는 커지고 허리는 가늘어져서 완전 S 라인이 됐다니까?"

재작년까지만 해도 강도네는 지하 단칸방에서 살았었다.

그러다 보니까 한 방에서 세 식구가 북적거리며 지내면서 강도는 본의 아니게 엄마와 강주의 부분적으로 벗은 몸을 심심찮게 목격했었다.

한여름 밤 열대야 때에는 다들 반나체의 몸으로 한 대뿐인 선풍기 앞에 모여 앉아서 할딱거리기도 했었다.

하긴 중학생이 되고서도 쌍둥이 남매는 같이 목욕을 했고, 화장실에서 강도가 볼일을 보고 있으면 강주는 스스럼없이 샤워를 하기도 했었다.

그런 게 불과 얼마 전까지의 일이었다.

"그리고 나 예뻐지지 않았어?"

강주의 말에 강도는 그녀를 유심히 바라보았다.

그러고 보니까 과연 강주는 키가 더 커진 것 같고, 어려졌으며, 어제 봤던 것보다 훨씬 예뻐져 있었다.

"뿐만 아냐. 내 머릿속에 컴퓨터가 들어 있는 것 같다니까? 한 번 본 건 절대로 잊어버리지 않고, 영어는 촬촬, 어려운 물리학도 초딩 산수 같았어."

강주가 강도에게 다가와서 애교를 떨었다.

"오빠, 나 그 주사 한 대 더 놔주라, 응?"

강도는 아침 10시가 되도록 집에 있었다.

병팔조장으로 승진했지만 아직까지 어디로 오라는 연락이 없기 때문이다.

병당 메신저 ma5로 승진한 연수에게서 전화가 왔다.

—대기하고 있으래요.

"왜?"

—왜긴요? 일거리가 없는 거죠.

구인겸 말로는 마계와 요계가 각각 최소한 10만씩의 마군과 요군을 보유하고 있다고 했다.

그것도 대한민국에서만 그 정도인데 일거리가 없다는 게 말이 안 된다.

마군과 요군 최소 20만 명이 대한민국에서 활개치고 다닌다면 놈들이 손을 뻗치지 않은 곳이 없을 것이다.

'이건 순전히 정보의 부재다.'

그것 하나만 봐도 불맹의 정보 조직은 무능하기 짝이 없다.

도맹과 범맹도 비슷한 수준일 것이다.

얏코와 구인겸은 마계와 요계가 대한민국을 장악하기 일보 직전이라고 말했다.

그런데 이래선 두 눈 뻔히 뜨고 대한민국이 마계와 요계 천하가 되는 걸 지켜보고 있을 수밖에 없는 상황이다.

"이럴 때가 자주 있니?"

—맹의 일을 한 달에 절반 보름을 일하는데 그중에서 열흘 정도는 쉬어요.

"도대체 그렇게 해서 언제……"

—뭐가 언제예요?

"아냐."

강도는 기분 같아서는 삼맹을 하나로 합쳐 완전히 뒤집어엎어서 물갈이를 한 다음에 무림에서 고수들을 대거 데려와서 마계, 요계와 대대적으로 전쟁을 벌이고 싶은 마음이 굴뚝같았다.

그렇지만 강도는 당분간 표면에 나서지 않기로 마음먹었다.

대한민국이 태풍 앞에 놓인 등불처럼 위태로운 상황인 것은 알고 있다.

하지만 강도는 이렇게 된 근본적인 원인과 이유를 제대로 캐내고 싶다.

그 근본적인 것들의 중심에는 필경 목소리뿐인 사부가 있을 것이라고 확신한다.

세상이 마계와 요계 천지가 돼버린 원인과 그것을 어째서 강도가 막아야 하는지 이유를 알아야만 한다.

원인과 이유를 모른 채 시키는 대로 움직일 수는 없다.

그건 허수아비고 꼭두각시일 뿐이다.

마음이 급하기로 치자면 강도보다는 목소리뿐인 사부 쪽이 더할 것이다.

어젯밤, 아니, 오늘 새벽에 강도는 현천자 구인겸에게 단단히 입막음을 시켜두었다.

강도의 존재를 절대 발설하지 말라고 말이다.

무림에서도 현천자는 입 무겁기가 수구여병(守口如甁) 꽉 닫아놓은 병 같았으니까 걱정할 거 없다.

강도는 시쳇말로 내가 이기는지 목소리뿐인 사부가 이기는지 어디 한번 해보자고 덤벼드는 것이다.

목소리뿐인 사부가 다급해서 모습을 드러낼 때까지 강도는 불맹의 병팔조장으로 움츠리고 있을 생각이다.

연수와 전화 통화를 끊은 강도가 깊은 생각에 잠겨 있을 때 엄마가 왔다.

"네 말대로 했어."

강도가 엄마더러 이제 공장 일 그만두라고 했더니 아침에 출근해서 공장을 그만두고 온 것이다.

"잘하셨어요."

강도가 앉아 있는 식탁 맞은편에 엄마가 앉았다.

"그렇지만 나 집에서 노는 거 싫다, 애."

"뭐 하고 싶으세요?"

고민이 많은 강도지만 엄마한테는 사근사근한 아들이다.

"생각해 봐야지."

그런 아들이 대견해서 엄마는 미소를 지었다.

"꼭 일이 아니더라도 취미 생활 같은 거 하시든가요."

"아유… 내 주제에 취미 생활은 무슨……."

"엄마 주제가 뭐가 어때서요?"

강도는 식탁 위로 손을 뻗어 엄마 손을 잡았다.

"그동안 정말 고생 많이 하셨으니까 이젠 편하게 사셔도 괜찮아요."

엄마의 손은 가죽처럼 거칠었다.

엄마는 강도의 손을 쓰다듬으면서 또 울었다.

행복의 눈물이다.

거리로 나선 강도는 어젯밤하고는 또 다른 상황에 처했다.

그가 사는 임대 아파트 주변은 괜찮았는데 부천 중동 시내로 들어서니까 이상한 것들이 눈에 띄었다.

사람처럼 옷을 입고 다니지만 거리에서 활보하는 마족과 요족의 모습들이 강도의 눈에는 여과 없이 그대로 보이는 것이었다.

그로서는 한 번도 본 적이 없는 마족과 요족의 모습이다.

그가 어느 가게 앞에 서서 가만히 살펴보니까 마족과 요족을 구별할 수 있을 것 같았다.

얼굴이 창백하고 눈에 동공이 없으며 코가 아예 없는 것처럼 납작하며 콧구멍만 두 개 뻥 뚫리고 음침하게 생긴 것들은 마족이다.

갸름한 윤곽에 V 자로 치켜떠진 눈, 이마에 붉게 도드라진 표식, 팔이 유난히 긴 것들은 요족이 분명했다.

약 5분 지켜보는 동안 강도는 10명 이상의 마족과 요족을 발견했다.

그들은 인간들처럼 옷을 입고 말하며 행동하고 있었다.

그런데도 사람들은 그들이 마족과 요족인지 아무도 알아차리지 못했다.

오로지 강도만이 그들을 식별했다.

강도가 화경에 도달한 무공을 회복한 덕분이다.

저렇게 돌아다니고 있는 마족과 요족들은 인간에게서 정혈을 채취하여 주사하거나 지난번 강도가 마주쳤던 카펨부아처럼 인간으로부터 정혈을 직접 흡수한 자들이 분명하다.

또한 지금은 마족과 요족이 사람 100명 중에 3~4명꼴이지만 점점 더 많아질 것이라는 생각을 하자 강도는 가슴이 답답해졌다.

강도는 오피스텔 주인을 만나서 보증금과 선월세를 치르고 비어 있는 오피스텔을 오늘부터 사용하기로 했다.

오피스텔에는 소파와 침대, 냉장고와 주방 기기들이 다 구비되어 있어서 따로 살 것은 없다.

그는 제일 먼저 미지네 집에 놔두었던 정혈병이 담긴 보스턴백을 갖고 와서 붙박이 옷장 안에 넣었다.

그러고는 얏코를 오피스텔로 전송해서 불렀다.

불맹 병팔조장으로서는 일거리가 없지만 스스로 찾아서 일거리를 만들 생각이다.

강도는 얏코하고 할 얘기가 있어서 한아람하고 염정환은 이동간으로 부르지 않고 차를 타고 오라고 했다.

처음 봤을 때 얏코는 미니스커트 정장을 입었는데 오늘은 활동적인 캐주얼복을 입고 왔다.

그녀는 강도가 부를 줄 알고 준비를 하고 있었던 모양이다.

또한 강도가 무엇을 원하는지도 알고 있는 것 같았다.

"얏코, 너 내 부하가 된 진짜 이유를 말해봐라."

마계와 요계가 대한민국을 거의 다 잠식했는데 얏코가 너무 쉽게 강도에게 자신을 맡겼다고 생각한 것이다.

그냥 가만히 있으면 대한민국이 요계 세상이 될 텐데 얏코가 무엇 때문에 자신과 부족 450여 명을 강도에게 맡긴 것인지 궁금했다.

"세 가지 이유 때문이에요."

강도는 소파 맞은편에 앉은 얏코에게 팔짱을 끼고 무표정한 얼굴로 응시했다.

"첫째는 당신 신군 때문이에요."

얏코는 주머니를 뒤적거리더니 담뱃갑을 테이블에 내려놓고 조심스러운 얼굴로 강도를 바라보았다.

"담배 피워도 돼요?"

강도는 담뱃갑을 굽어보다가 한 개비를 꺼내 입에 물었다.

남자들은 군대 가서 담배를 배운다던데 강도는 피우던 담배를 군대 가서 끊었다.

대학 다닐 때 담배 살 돈이 없어서 친구들에게 얻거나 개비 담배를 사서 피웠으며, 그것도 여의치 않을 때는 길거리에서 꽁초를 주워서 피우기도 했었다.

무림에 가기 전의 그는 우유부단한 성격에 정의감도 없는 힌낱 쫌생이였었다.

그랬던 그가 군대에서 담배를 끊었다.

이유는 단 하나, 가난해서 담배를 사서 피울 능력이 안 되면 끊어야 한다는 사실을 자각했기 때문이다.

그러고 나서 지금 담배를 1년 반 만에 다시 입에 물었다.

피우고 싶어서가 아니라 그냥 무의식적인 행동이다.

"후우… 마계와 요계에서 가장 경계하고 또 두려워하는 인물이 바로 당신 신군이에요."

강도는 어제 현천자 구인겸으로부터 새로운 사실들을 많이 알게 되었다.

그런데 지금 얏코 입에서 나오고 있는 얘기 또한 처음 듣는 내용이다.

"삼맹에는 요계 스파이들이 있어요. 그건 아마 마계도 마찬가지일 거예요. 그 스파이들이 삼맹에서 웬만한 정보들은 다 빼내지요."

얏코는 담배를 아주 맛있게 피웠다.

"후우우… 인간 세계에 와서 많은 것을 배웠는데 그중에 제일 마음에 드는 게 사우나하고 담배예요."

강도는 담배 연기를 길게 빨아들였다.

"우린 스파이들로부터 삼맹의 거의 모든 것을 알아냈어요. 삼맹의 본거지를 비롯해서 시시콜콜한 것까지 다 알고 있지요. 지금 당장에라도 삼맹을 공격하면 송두리째 박살 낼 수 있을 정도예요."

그녀는 두 개비째 담배에 불을 붙였다.

"그렇지만 요계나 마계가 함부로 삼맹을 공격하지 못하는 이유는 신군 때문이에요."

"나에 대해서 얼마나 알고 있느냐?"

강도는 오랜만에 입을 열었다.

얏코는 두 개비째지만 그는 아직 한 개비를 거의 빨지 않고 손가락 사이에 끼운 채 태우고 있다.

"신군이 삼맹을 만들었으며 무림이라는 곳에서 수많은 고수들을 불러올 수 있다고 알고 있어요."

마계와 요계도 구인겸처럼 오해를 하고 있었다.

"당신 신군이 나타났으니까 조만간 무림 고수들을 대거 불러와서 삼맹을 이끌고 마계와 요계를 토벌할 것이라고 생각했어요."

"흠."

"그러니까 저는 요계가 토벌당하기 전에 당신 편이 되겠다는 거예요."

강도는 담배를 껐다.

"그렇다고 해도 내가 마계와 요계를 토벌할 수 있을지는 미지수다."

"그렇죠."

"네가 나한테 온 이유로는 약하다."

"아직 두 개의 이유가 더 남아 있어요."

"말해봐라."

얏코는 담배를 끄고 자세를 똑바로 했다.

"김항아의 빌라에서 당신의 눈에 띈 저는 결코 살아남지 못했을 거예요. 당신은 제가 나서지 않았더라도 저의 존재를 알고 계셨죠?"

강도가 고개를 끄떡이는 걸 보고 얏코는 말을 이었다.

"그 당시에 저는 당신과 대화를 하는 도중에 당신이 신군이라고 확신했으며 절대로 당신 손아귀에서 벗어나지 못하고 죽을 거라고 생각했어요. 우선 제가 살아야 하니까 당신 편이 된 거예요. 그게 두 번째 이유죠."

그때 강도의 휴대폰으로 전화가 왔다.

확인해 보니까 김항아라서 받지 않았다.

"세 번째 이유는 우리 부족을 살리기 위해서예요."

강도는 그럴 것이라고 짐작했다.

"요계는 7개의 대부족(大部族)과 그 아래에 중간 부족들이 있으며, 또 거기에서 갈라져 나간 수백 개의 소부족(小部族)들이 있어요. 우리는 소부족이에요."

"부족 간에 알력이 있는 것이냐?"

얏코는 깜짝 놀라더니 눈을 빛냈다.

"어떻게 아셨어요?"

"짐작이다."

"아무리 짐작이래도 정말 대단해요. 과연 신군이에요."

얏코의 표정이 어두워졌다.

"요계의 7개 대부족들 중에서 가장 덩치가 큰 대부족의 대족장이 요계를 이끌고 있어요. 대족장의 이름은 쿠카이라고 하는데 그는 대단히 호전적인 성격이에요."

그녀는 씁쓸하게 미소 지었다.

"우리를 자꾸 요계라고 부르니까 이상해요. 그냥 와다무라고 하면 안 될까요?"

요계의 언어는 동아프리카 스와힐리어의 모태라고 했었고 와다무는 인류, 인간이라는 뜻이라고 했다.

강도가 고개를 끄떡이자 얏코가 흐릿하게 미소 지으면서 다시 설명했다.

"우리 와다무 내부에서는 전쟁에 반대하는 사람들이 꽤 있어요. 말하자면 평화주의자예요."

그녀는 요족을 '사람'이라고 칭했다.

하긴 그들 입장에서는 자신들이 사람일 것이다.

"그들은 두 개의 파로 나뉘는데, 한쪽은 현 세계의 인간들과 대화를 통해서 같이 공존하자는 주장이고, 다른 쪽은 고향으로 돌아가고 싶어 해요."

"외방계 말이냐?"

"네."

"너희 부족은 어느 쪽이냐?"

"대화를 하자는 쪽이에요."

강도는 요계와 현 세계 인간들의 대화를 통한 공존은 불가능할 것이라고 생각했다.

얏코 말로는 요계 대족장 쿠카이가 호전적이라고 했는데, 사실 인간들은 그보다 더 호전적이기 때문이다.

"쿠카이는 인간들과의 전쟁에서 승리하는 것만이 와다무가 생존하는 유일한 길이라고 역설하면서 전체 무리를 이끌고 있어요. 그런데 무슨 일이 있을 때마다 평화주의자들이 발목을 잡으니까 쿠카이는 포악해져 있는 상태예요."

"평화주의자들이 위험해진 것이냐?"

"그래요. 쿠카이는 거치적거리는 평화주의자들을 죽이려고 기회만 엿보고 있어요. 그중에서도 평화주의 강경파인 마오지토족의 대족장을 눈엣가시처럼 여겨요."

"너희가 속해 있는 부족이 마오지토족이냐?"

"네. 마오지토(Maaojito)는 '동쪽의 강'이라는 뜻이며 외방계 내의 동쪽에 있는 큰 강이에요. 우린 그곳에서 대대로 살아왔기 때문에 마오지토족이라고 불려요."

강도는 고개를 끄떡였다.

"그래서 나한테 뭘 원하는 거냐?"

"우리 부족이 살아갈 수 있는 환경을 제공해 주세요."

"마오지토족 전체 말이냐?"

얏코는 손을 저었다.

"마오지토족 전체는 150만 명이나 돼요. 제 말은 우리 소부족을 가리키는 거예요."

"알았다. 그런데 어떤 환경 말이냐?"

강도는 얏코가 이렇게 나올 때에는 구체적인 요구 사항까지 생각해 두었을 것이라고 짐작했다.

"시골에 농장 같은 곳이면 좋겠어요. 아니면 바닷가 어촌이라도 괜찮아요."

얏코는 아무런 반응이 없는 강도의 표정을 살피면서 말을 이었다.

"처음 얼마 동안 의식주를 지원해 주시면 그 다음부터는 우리 스스로 자급자족할 수 있을 거예요."

"너 하나를 부하로 두는 것치고는 요구 조건이 너무 크다고 생각하지 않느냐?"

얏코는 의미심장한 미소를 지었다.

"제가 천군만마 역할을 할 수도 있죠."

그러면서 주머니에서 USB 하나를 꺼내 강도 앞에 놓았다.

"삼맹에서 활약하고 있는 요계 스파이들 명단이에요."

강도는 USB를 쳐다보았다.

"그리고 요계와 마계 본거지 위치와 내부에 대한 자료가 상세하게 들어 있어요."

그 정도면 얏코네 소부족 450명을 받아주는 대가치고는 차고도 넘친다.

얏코는 씁쓸한 표정을 지었다.

"와다무 대다수는 평화를 사랑해요. 쿠카이 같은 전쟁광의 강압에 못 이겨서 따르고 있을 뿐이에요. 부디 우리 동족들을 마구잡이로 학살하지는 마세요."

강도는 USB에서 시선을 거두었다.

그가 USB를 집으면 얏코의 요구를 받아들인다는 뜻이다.

얏코는 초조한 표정으로 강도를 바라보았다.

"너희들은 어째서 외방계에서 나온 것이냐?"

"그곳보다 훨씬 더 좋은 세상을 발견했고, 또 그곳으로 가는 문이 열렸기 때문이에요."

외방계보다 훨씬 더 좋은 세상은 물어보나 마나 인간 세상을 가리킨다.

그 말을 듣고 강도는 요계를 어떻게 처리해야 할지 결정을 내렸다.

그들이 왔던 곳 즉, 외방계로 돌려보내면 된다.

그러고는 문을 차단하는 것이다.

슥—

그가 USB를 집자 얏코는 비로소 환한 표정을 지었다.

"고마워요, 신군."

강도는 오피스텔에서 한아람과 염정환의 무공을 회복시켜

주었다.

한아람은 원래 정혈을 5cc 눠주었고, 염정환에게도 정혈 5cc를 눠주고 나서 진기를 주입하여 간단하게 무공을 회복시켜 주었다.

한아람은 무림의 일류고수 정도의 수준이며 상중하로 나눈다면 하급이라고 할 수 있다.

염정환은 이류고수 중급 정도의 실력이다.

그렇지만 이제는 불맹에서 전공이나 개인전공을 보내주지 않아도 두 사람은 상시 무공을 사용할 수 있게 되었다.

"우리는 독자적으로 행동할 것이다."

소파 맞은편에 나란히 앉아 있는 한아람과 염정환, 얏코는 긴장된 얼굴로 강도를 주시했다.

"우리는 어디에도 속해 있지 않지만 표면적으로는 불맹 병팔조에 속해 있는 것으로 한다."

강도는 얏코를 쳐다보면서 가볍게 고개를 끄떡였다.

"얏코, 설명해라."

얏코는 강도에게 공손하게 고개를 숙이고 나서 한아람과 염정환에게 말했다.

"지금부터 우린 요계가 장악하고 있는 서울대양병원을 공격할 것이다."

서울대양병원은 대한민국 3대 병원 중에 하나인 동시에 규

모가 가장 크고 국내외적으로 명성이 자자하다.

강도는 분당에서 가장 큰 인중병원을 마계로부터 되찾는 과정에 정혈 50병을 손에 넣었다.

서울대양병원은 인중병원보다 3~4배는 더 크므로 더 많은 정혈을 탈취할 수 있을 것이다.

그리고 많은 요괴를 제거할 수 있을 터이다.

얏코의 목소리가 낮아지고 또 딱딱해졌다.

"서울대양병원에는 약 300명의 와다무가 있으며 그중에서 가장 높은 자는 바우만이다."

바우만은 요계 2위다.

제14장
에테르

스으으……

강도는 도맹의 이동간을 이용하여 자신을 비롯하여 한아람과 염정환, 얏코를 한꺼번에 서울대양병원 지하 주차장 한쪽 구석으로 이동시켰다.

"바우만이 원장일 거예요."

얏코는 서울대양병원이 요계에 장악됐다는 사실 정도만 알 뿐이지 세부적인 내용에 대해서는 거의 모르고 있었다.

강도가 기둥을 보니까 B2─6이라고 적혀 있다.

지하 2층이라는 뜻이다.

강도는 주머니에서 귀매비를 꺼내 한아람과 염정환에게 내밀었다.

"이걸 써라."

두 사람은 불맹으로부터 무기를 전송받지 못했기 때문에 맨손인 상황이다.

두 사람은 귀매비를 받고 공손히 고개를 숙였다.

우웅―

일행이 엘리베이터로 걸어가는데 소형 트럭 한 대가 지하 1층에서 내려왔다.

서울대양병원 표식이 그려져 있는 소형 트럭은 마치 현금 수송 차량처럼 견고한 모습을 하고 있었다.

또한 운전석과 조수석에는 경찰은 아니지만 비슷한 복장을 한 2명이 타고 있었다.

병원에 현금 수송 차량이 드나든다는 것이 어울리지 않았다.

또한 운전석과 조수석의 2명은 요괴다.

강도로서는 처음 보는 모습이지만 요족의 요괴가 분명하다.

특수하게 제작한 소형 트럭을 요괴가 몰고 있다면 뭔가 있다는 뜻이다.

강도의 머리를 스치는 것이 있다.

어쩌면 저 차가 이곳 서울대양병원에 정혈을 운반하러 왔을지도 모른다.

[가자.]

강도는 모두에게 전음을 보내면서 스쳐 지나고 있는 소형 트럭의 뒤에 바싹 붙어서 따라갔다.

한아람과 염정환, 얏코는 강도 뒤에 따라붙었다.

강도 일행이 소형 트럭 뒤에 바싹 붙어서 따라가고 있기 때문에 백미러로는 보이지 않았다.

소형 트럭은 지하 5층에서 멈추었다.

지하 5층은 일반 차량은 통제구역이고, 병원 관계 차량들만 드문드문 주차되어 있었다.

강도는 주위를 빠르게 살피고는 근처에 총 4개의 CCTV를 확인한 후에 슬쩍 손을 저었다.

퍼퍽!

한 번의 동작에 4개의 CCTV가 정확하게 파괴됐다.

척!

멈춘 소형 트럭 양쪽 문이 열리더니 요괴 2명이 내렸다.

트럭 뒤쪽에서 한아람과 염정환이 기척 없이 2명의 요괴 뒤쪽으로 다가갔다.

사악!

"크윽!"

"윽……."

염정환은 뒤쪽에서 달려들며 귀매비로 단칼에 요괴의 목을 잘랐다.

그는 신군의 명령을 받고, 또 신군이 보고 있기 때문에 용기백배하여 평소 실력 이상을 발휘했다.

그렇지만 요괴를 제압하라는 명령을 받은 한아람은 다른 한 명의 혈도를 제대로 찍지 못했다.

어설프게 혈도가 찍힌 요괴는 멈칫거리면서 뒤돌아섰다.

그는 당황한 모습의 한아람을 발견하더니 급히 그녀의 목을 향해 손을 뻗었다.

츄우우—

제복을 입은 요괴의 손끝에서 손톱이 칼처럼 길게 뻗어 나가면서 한아람의 목을 찔러갔다.

"앗!"

전투 경험이 거의 없는 한아람은 당황해서 아무것도 하지 못한 채 다급한 외침만 터뜨렸다.

지금 상황에서도 충분히 피하거나 반격할 수 있는 능력을 갖고 있으면서도 당황함이 그녀의 몸을 묶었다.

얏코가 나서려고 하는 것을 강도가 손을 뻗어 제지했다.

그러고는 무형지기를 발출해서 한아람의 몸을 오른쪽으로 한 걸음 이동시켰다.

강도는 한아람이 자신의 몫을 다할 수 있도록 기회를 주려는 것이다.

피잇!

요괴의 날카로운 손톱이 한아람 귓가로 아슬아슬하게 스쳐 지나갔다.

그녀는 강도가 자신의 몸을 옆으로 이동시켜서 구해주었다는 사실을 직감했다.

만약 그러지 않았다면 요괴의 손톱에 목이 찔려서 죽거나 중상을 입었을 것이라는 생각을 하자 등줄기로 소름이 좌악 훑고 지나갔다.

입술이 터지도록 힘껏 깨문 그녀는 상체를 기우뚱 쓰러뜨린 자세에서 요괴의 목을 향해 귀매비를 휘둘렀다.

쉬익!

손톱 공격이 빗나간 요괴는 힐끗 한아람을 쳐다보면서 입을 벌렸다.

파아아—

벌어진 입에서 카멜레온 같은 혀가 길게 쭉 뽑어졌다.

그대로 놔두면 한아람의 귀매비가 먼저 요괴의 목을 자를 것이다.

하지만 요괴의 혀도 그녀의 얼굴을 때리게 된다.

"우푸망의 혀끝에는 침이 있어요."

얏코가 재빨리 그렇게 말하지 않았어도 강도는 요괴 혀끝에 날카로운 두 개의 침이 돌출된 것을 발견했다.

이런 상황에서는 강도가 손을 쓸 수밖에 없다.

후웃—

요괴의 몸이 둥실 뒤로 밀리면서 한아람의 귀매비를 피하는 것과 동시에 어깨와 목덜미, 턱, 세 군데 혈도가 제압됐다.

요괴는 목이 잘라지지 않고 제압됐으며 한아람은 요괴의 독침을 얼굴에 맞지 않았다.

쿵!

요괴는 뒤로 날아가는 여세로 바닥에 쓰러졌다.

"하아아… 하아……."

구사일생 목숨을 건진 한아람은 거친 숨을 몰아쉬었다.

그녀는 요괴를 제압하라는 강도의 명령을 이행하지 못했을 뿐만 아니라 하마터면 죽을 뻔했다.

한마디로 최악이다.

강도가 봤을 때 소형 트럭에 타고 있던 두 명의 요괴는 김항아네 빌라에서 하녀로 일하면서 안미향 행세를 했던 우푸망과 똑같았다.

요계 8위 우푸망이다.

한아람은 무림의 일류고수 하급의 실력이고, 그렇다면 우푸망 정도는 충분히 요리할 수 있어야 한다.

강도가 봤을 때도 승산은 한아람 쪽에 70% 이상 있었다.

문제는 그녀가 새가슴이라는 데 있다.

전투 경험은 그 다음 문제다.

한아람은 죄스러운 표정으로 전전긍긍했다.

"죄송해요……."

강도는 그녀를 꾸짖지 않았다.

"오늘 하루 널 지켜보겠다."

지켜봐서도 계속 이런 식이라면 도태시키겠다는 뜻을 한아람이 모를 리가 없다.

한아람과 염정환은 정혈을 5cc씩 주사했기 때문에 원래 무공보다 조금 더 증진되었다.

그런데도 요족이나 마족을 만나서 계속 이런 식이라면 데리고 다닐 필요가 없는 것이다.

강도가 한아람을 버리면 그것으로써 끝이다.

서울대양병원은 12층의 본건물과 여러 개의 병동, 그리고 부속 건물들로 이루어져 있다.

원장실은 본건물 12층에 있다.

제압한 우푸망을 심문하여 몇 가지 사실을 알아냈다.

원장실 내 접객실 특수 금고에 정혈이 있다는 것.

보름에 한 번씩 병원의 정혈을 어느 특정한 장소에 옮겨서 보관한다는 것.

그리고 이 병원에만 요괴 300명이 아니라 500명이 있다는 것 등이다.

얏코가 잘못 알고 있었다.

그러나 상관없는 일이다.

요괴 300명이든 500명이든 오늘 다 죽을 것이므로.

땡~

엘리베이터가 12층에 멈췄다.

강도 일행은 엘리베이터에서 복도로 나섰다.

12층은 끝에서 끝까지 80m가 넘는 거리인데 사람은 단 4명
이 있었다.

아니, 그들 4명은 와다무 요괴다.

2명은 원장실 앞에 서 있고, 2명은 복도를 나란히 걸어가고
있는데 4명 다 정장 차림이었다.

"6위 카카라음투(Kakaramto：싸우는 남자)예요. 우린 카음
투라고 불러요."

얏코가 그들을 보고 낮게 속삭였다.

"저들은 우리 와다무의 전사들이에요."

그녀는 전투를 전문으로 하는 카카라음투가 싸움에서만큼
은 4위 말라칼인 자신만큼 강하다는 말은 하지 않았다.

[두리번거리지 마라.]

강도는 주춤거리면서 주위를 두리번거리는 한아람에게 전
음을 보내면서 원장실을 향해 똑바로 걸어갔다.

얏코나 한아람, 염정환은 강도가 옆에 있기 때문에 설사 하
늘이 무너진다고 해도 전혀 걱정을 하지 않았다.

그러나 한아람은 천상 심약한 여자라서 본능적으로 두리번
거리는 것이다.

원장실 문 앞에 서 있는 카음투 2명은 딱딱한 얼굴로 강도 일행을 쳐다보았다.

그리고 저쪽 복도 끝까지 갔던 다른 2명의 카음투가 빠른 걸음으로 강도 일행의 뒤쪽으로 다가오고 있다.

"무슨 일입니까?"

원장실 앞을 지키고 있는 카음투 중에 한 명이 강도 일행 쪽을 보면서 완강한 표정으로 물었다.

남자 2명과 예쁘장한 여자 2명의 조합인 강도 일행은 그다지 위협적으로 보이지는 않았다.

강도는 계속 걸어가면서 대수롭지 않게 말했다.

"정혈을 가지러 왔다."

마치 맡겨놓은 물건을 찾으러 온 사람처럼 뻔뻔스러웠다.

원장실 앞의 카음투 2명은 무슨 말인지 알아듣지, 아니, 이해하지 못했다.

설마 저 위험하게 보이지 않는 남녀 4명이 그들이 말한 것처럼 '정혈을 가지러' 오지는 않았을 것이라고 생각했다.

"거기 멈추십시오."

카음투 한 명이 손을 뻗으며 고압적으로 말했다.

그 순간 강도가 걸어가면서 손을 슬쩍 뻗었다.

퍼퍽!

비명지고 나발이고 없다.

그저 원장실 앞에 서 있던 카음투 2명의 머리가 잘 익은 수

박이 깨지듯 박살 난 것뿐이다.

"앗! 뒤에⋯⋯."

벌써부터 뒤쪽의 카음투를 경계하고 있던 얏코가 비명을 질렀다.

왜냐하면 원장실 앞의 두 카음투 머리통이 박살 나는 걸 발견한 뒤쪽의 카음투가 재빨리 품속에서 권총을 뽑는 것을 봤기 때문이다.

요괴가 권총을 사용하는 것은 지금 처음 보았다.

그렇지만 강도는 느긋했다.

아니, 느긋할 뿐만 아니라 아예 돌아보지도 않았다.

뒤쪽 2명의 카음투가 권총을 발사하는 순간, 얏코는 복도 천장으로 몸을 띄웠다가 그들을 향해 쏘아갔다.

그녀는 너무 다급한 나머지 권총이 발사됐지만 총소리가 들리지 않았다는 사실을 깨닫지 못했다.

뿐만 아니라 뒤쪽 복도 전체를 투명한 막이 가리고 있어서 몇 발의 총알이 투명막에 튕겨지면서 마치 잔잔한 수면에 소금쟁이가 경중경중 뛰어다니듯 작은 파장을 일으키는 것 같은 광경을 연출하는 것조차 발견하지 못했다.

퉁!

"악!"

2명의 카음투에게 쏘아가던 얏코는 투명막에 온몸을 부딪치면서 튕겨졌다.

그리고 같은 순간, 투명막에 맞으면서 튕겨진 정확히 7발의 총알 중에 5발이 달려오고 있는 2명의 카음투 온몸에 작렬했다.

탁!

얏코는 두 발로 바닥에 묵직하게 내려서며 비틀거렸다.

[저 두 놈을 죽여라.]

강도는 원장실 문을 벌컥 열면서 투명막을 거두는 것과 동시에 명령했다.

염정환이 즉각 2명의 카음투를 향해 달려갔다.

한아람은 한 박자 늦게 주춤거리다가 깜짝 놀라 후다닥 염정환 뒤를 쫓아갔다.

염정환은 총에 맞아서 바닥에 쓰러져 버둥거리고 있는 카음투에게 달려들어 가차 없이 귀매비로 목을 잘랐다.

그가 나머지 한 명의 목을 자르려는데 한아람이 비명처럼 악썼다.

"그놈은 냅둬!"

염정환이 멈칫하는 사이에 한아람이 득달같이 달려들어 카음투의 목을 잘랐다.

아니, 제대로 자르지 못해서 버둥거리는 카음투의 얼굴에 주먹을 날려서 박살 낸 다음에 제대로 목을 잘랐다.

원장실 안에서는 한창 회의가 진행 중이었다.

긴 소파에 흰 가운을 입은 의사들과 정장을 입은 남자들이 회의를 하고 있었다.

그중에 2명만 강도 일행을 쳐다볼 뿐, 다른 사람들은 회의에 열중하고 있다.

입구 근처에 앉아 있던 여비서 2명이 일어서다가 옆으로 픽! 쓰러졌다.

그녀들이 요괴가 아닌 인간이라는 사실을 알고 강도가 지풍을 날려 혼혈을 눌러서 기절시킨 것이다.

여비서들이 우당탕 큰 소리를 내면서 쓰러지고 나서야 회의를 하고 있던 의사 나부랭이들이 놀라서 우르르 일어서며 뭐라고 떠들었다.

강도는 손목시계 휴대폰을 들여다보면서 뭔가를 조작하기 시작했다.

"당신들 뭡니까?"

"여기 어떻게 들어온 거요?"

시끌벅적한데도 강도는 휴대폰 조작에 한창이다.

"그러니까 이렇게 하고… 이렇게… 음, 됐다."

그는 휴대폰 화면에 뜬 'Block'을 누르며 중얼거렸다.

"차단."

도맹의 공월계를 사용하면 강도가 어디에 있는지 도맹에서 알게 될 것이다.

그래도 상관없다.

서울대양병원은 현천자 구인겸의 대양그룹 소유이기 때문

에 이곳에서 무슨 일이 벌어졌으며 누구 짓인지 조만간 알게 될 것이기 때문이다.

강도는 방금 도맹의 공월계를 이용하여 원장실을 차단했다.

그렇게 하면 사람의 출입은 자유롭지만 이곳에서 밖으로 혹은 밖에서 이곳으로 드나드는 모든 전파나 힘을 차단하는 효과가 있다.

말하자면 이 방의 누군가 비상벨 같은 것을 누르는 걸 원천 봉쇄한 것이다.

그때 저만치 옆방으로 통하는 문이 벌컥 열리더니 정장을 입은 남자와 여자 10여 명이 우르르 달려 들어왔다.

요계 경호원들이다.

강도는 실내를 재빨리 스캔했다.

의사 가운을 입은 남자 5명과 여자 한 명을 제외한 17명 전원이 요괴다.

원장실의 상황은 한아람이나 염정환, 얏코가 나설 자리가 아니다.

강도 일행은 입구를 등진 상태로 나란히 서 있었다.

회의를 하던 요괴 무리와 의사들은 소파를 중심으로 모여서 있고, 옆방에서 온 10명의 정장 남자가 곧장 강도를 향해서 빠른 걸음으로 다가오고 있다.

여비서 2명이 쓰러졌기 때문에 강도 일행을 적이라고 판단한 것이다.

그렇지만 원장 등이 요괴일 줄은 꿈에도 모르는 의사들은 어리둥절하면서 두려움에 휩싸여 있었다.

"모두 카음투예요. 저기 둘만 빼고."

얏코는 회의를 하던 사람들 중에서 상석 쪽에 서 있는 40대 중반의 정장 남자와 그 옆의 얌전한 용모의 30대 중반 여자를 가리켰다.

실내가 조용했기 때문에 얏코의 말은 모두에게 잘 들렸지만 그녀는 상관하지 않고 계속 설명했다.

"남자가 바우만이고 여자는 우쭈리(Uzuri:아름다운)인데 3위예요. 둘이 부부나 연인 관계일 거예요."

그 2명은 아무리 봐도 현 세계의 인간하고 모습이 똑같았다.

그렇지만 강도의 눈에는 요괴로 보였다.

바우만은 특이하게 눈동자가 두 개씩이다.

그리고 이마 한가운데 중위 계급장처럼 다이아몬드 2개가 붉은색으로 도드라졌다.

우쭈리는 매우 아름답지만 입가에서부터 광대뼈까지 각기 2줄의 긴 검붉은 줄이 그어져 있다.

그리고 눈썹이 무척 짙었다.

원장인 듯한 남자 즉, 바우만이 뒷짐을 진 자세로 얏코를 쏘듯이 주시했다.

"너는 와다무구나. 말라칼 같은데 어째서 중가(Zunga:이방
인) 편을 들고 있는 것이냐?"

요족은 현 세계의 인간을 '중가'라고 부른다.

얏코는 강도를 하늘처럼 믿고 있기 때문에 손톱만큼도 무
섭지 않았다.

강도는 바우만이고 우쭈리고 간에 상대가 누구라도 상관
이 없다는 생각이다.

"자, 모두 저길 봐라."

강도는 넓은 실내 천장의 LED 등을 손으로 가리켰다.

사람들과 요괴들 몇 명이 LED 등을 쳐다보았다.

그 순간 강도가 LED 등으로 발출했던 무형강기 덩어리가
쪼개지면서 우산살처럼 아래로 비스듬히 뿜어졌다.

번쩍!

퍼퍼퍼퍼퍽!

다음 순간 요괴 15명의 머리가 박살 났다.

우산살처럼 뿜어진 빛줄기는 정확하게 요괴 머리만 박살
내고 사람은 다치게 하지 않았다.

그런데 바우만과 우쭈리는 죽지 않았다.

LED 등에서 무형강기가 폭사되기 직전 만분의 일초 사이
에 바우만이 우쭈리를 한쪽으로 밀치면서 옆으로 급히 피했
다.

무형강기가 폭사되는 것을 보고 나서 피하려 들었으면 죽었겠지만 폭사되기 전에 예감으로 피했기 때문에 가능했던 것이다.

그런데 바우만은 비단 무형강기를 피했을 뿐만 아니라 강도에게 공격까지 퍼부었다.

브이이이~~

이상한 음향이 들렸을 때는 이미 바우만의 손에서 발출된 무지하게 빠른 초록과 금색의 꽈배기 같은 빛이 강도를 향해 폭사되고 있었다.

강도는 자신이 호신강기로 초록과 금색의 빛을 방어할 경우에 빛이 부서져서 주위로 흩어지며 거기에 맞은 사람들이 다치게 될지도 모른다고 생각했다.

바우만이 칼 따위의 무기가 아닌 빛을 발출할 수 있다는 것도 놀라운 일이다.

비이잇!

강도는 자신의 몸 앞에 투명막을 비스듬히 만들어서 초록과 금색의 빛이 투명막에 부딪쳐서 오른쪽으로 방향이 꺾어지게 만들었다.

파아아―

빛은 실내를 가로질러 오른쪽 벽에 적중했다.

그런데 그 부위가 단지 거무스름하게 그을렸을 뿐 아무렇지도 않았다.

'사람에게 무해한 빛인가?'

그렇게 생각했으나 그럴 리가 없다.

요계 2위 바우만이 인간을 공격하는 데 인간을 해치지 못하는 빛을 쏘아냈을 리가 없다.

브이이잇~

자세를 바로 잡은 바우만이 두 번째 빛을 뿜어냈다.

'저 자식이!'

강도는 바우만을 향해 곧장 돌진하면서 반투명한 초절신강을 뿜어냈다.

고오오—

쩌엉!

초절신강과 바우만이 발출한 초록과 금색의 빛이 정면으로 충돌했다.

퍽!

"커흑!"

초록과 금색의 빛을 부수고 쏘아간 초절신강이 바우만의 가슴을 강타했다.

그런데 초절신강과 부딪친 초록과 금색의 빛이 산산이 깨지면서 사방으로 뿜어지는 것이 아닌가.

강도는 움찔 놀라 급히 외쳤다.

"엎드려!"

파파파아아—

"으악!"

"크허억!"

"아악!"

그러나 실내에 찢어지는 듯한 비명 소리가 한꺼번에 터지더니 사람들이 추풍낙엽처럼 후드득 쓰러졌다.

그리고 초절신강에 적중된 바우만은 뒤로 퉁겨져서 날아가 통유리 벽을 깨고 밖으로 날아갔다.

강도는 재빨리 실내를 둘러보았다.

한아람과 염정환은 물론이고 얏코까지 죄다 쓰러져 있는 광경이 시야에 들어왔다.

강도는 아주 잠깐 멈칫하다가 그대로 돌진하여 유리를 깨고 밖으로 튀어 나갔다.

콰작!

"이 새끼."

저 아래 바우만이 추락하고 있는 게 보였다.

그런데 바우만 혼자가 아니다.

바우만이 여자 우쭈리를 두 팔로 안고 있었다.

그러니까 놈은 강도의 초절신강에 적중돼서 퉁겨지는 와중에 자기 여자를 챙겨서 같이 도주하고 있는 것이다.

콰쾅!

날개가 달리지 않은 바우만과 우쭈리는 지상 주차장에 주차해 놓은 승용차 지붕을 박살 내면서 떨어졌다.

그러나 그 정도로는 죽지 않았고 신음 소리조차 내지 않았다.

비록 초록과 금색의 빛과 정통으로 부딪치는 바람에 위력이 반감된 초절신강의 강기라고 해도 10㎝ 두께의 강철을 뚫는 위력인데 거기에 맞고서도 죽지 않은 바우만이다.

아니, 죽지 않았을 뿐만 아니라 여자 우쭈리까지 챙기는 여유를 부렸다.

바우만과 우쭈리는 완전히 찌그러진 승용차 지붕에서 땅으로 내려섰다.

그는 탈출에 성공했다고 믿었다.

그래서 우쭈리의 손을 잡고 한쪽 방향으로 막 달려가고 있는데 갑자기 머리 위에서 뭔가 싸아… 하고 서늘한 기운이 느껴졌다.

그는 급히 위를 쳐다보다가 공중에서 머리를 아래로 한 자세로 쏜살같이 하강하고 있는 강도를 발견했다.

강도의 오른손에는 그의 애검 유성검이 움켜쥐어져 있었다.

그리고 유성검에서 푸르스름한 검강이 발출되어 급전직하 바우만을 향해 내리꽂히고 있는 중이다.

비이이잇~~

순간 바우만이 강도를 향해 또다시 초록과 금색의 빛을 뿜어냈다.

검강이 먼저 바우만의 몸에 적중될 것이지만 강도는 검강을 거둘 수밖에 없었다.

검강과 초록, 금색의 빛이 부딪치면 조금 전처럼 빛살이 사방으로 퍼져 나가면서 주차장에 있는 사람들을 다치게 할 것이기 때문이다.

지금 바우만은 그걸 노리고 초록과 금색의 빛을 발출한 것이다.

강도가 검강을 거두는 사이에 바우만은 초록과 금색의 빛을 두 개나 더 강도를 향해 뿜어내고는 우쭈리의 손을 잡은 채 한쪽 방향으로 냅다 달렸다.

'여우 같은 새끼!'

강도의 눈에서 살기가 번뜩였다.

그가 한 움큼의 진기를 머금자 그의 모습이 공중에서 슛! 하고 사라졌다.

그러더니 찰나지간 20m 거리를 좁혀서 바우만과 우쭈리 머리 위에 나타났다.

스사─

달리던 바우만과 우쭈리는 목이 서늘한 것을 느꼈다.

그리고는 강도의 유성검이 허공에서 반원을 그리고 있는 것을 발견했다.

물론 몸에서 분리된 머리통에 달린 눈으로 말이다.

주차장에 있던 사람들은 바우만과 우쭈리의 잘라진 머리통이 아스팔트 바닥에 굴러다니는 걸 보고 미친 듯이 비명을 질렀다.

"꺄아악!"

"으아아—!"

유성검을 오른손에 쥔 강도는 이미 수직으로 솟구쳤다가 12층 원장실 창을 통해 안으로 들어가고 있었다.

그는 방금 전에 하강하면서 부지불식간에 유성검이 있으면 좋겠다는 생각을 했었다.

그랬더니 그대로 오른손에 유성검이 잡혔다.

강도의 무기들이 어디에서 전송되는 것인지는 정확하게 모르겠지만 짐작하건데 아마도 불맹일 것이다.

어쩌면 이런 사소한 일 때문에 목소리뿐인 사부에게 강도의 존재가 발각되는 것이 아닐지 조금 신경이 쓰였다.

강도는 원장실 바닥에 쓰러져 있는 사람들을 재빨리, 그러나 세밀하게 살펴보았다.

단지 보는 것만으로 남자 의사 3명과 여의사 한 명이 즉사했다는 사실을 알 수 있었다.

바닥에는 죽거나 다친 사람들이 흘린 피가 바다를 이루고 있었다.

불행 중 다행인 것은 남자 의사 한 명과 여비서 2명, 한아람, 염정환, 얏코가 죽지 않고 부상을 입었다는 사실이다.

부상을 당한 사람들은 조금 전에 강도가 엎드리라고 소리쳤을 때 반사적으로 바닥에 몸을 날렸었다.

그것이 즉사를 면하게 해주었다.

반대로 서 있던 사람들은 다 즉사했다.

초록과 금색의 빛은 불에 시뻘겋게 달군 긴 바늘로 쑤신 것처럼 사람들 몸을 관통했다.

강도는 부상당한 6명을 한쪽에 일렬로 나란히 눕혀놓고 치료를 시작했다.

범맹 협사조장(俠四組長) 안예모는 서울대양병원 7층 비상구 밖에서 담배를 피우고 있는 중이다.

그는 조원 3명과 함께 지난 보름 동안 서울대양병원에서 숙식을 하면서 이곳이 요계에게 장악됐는지, 그랬다면 어떤 상황인지를 면밀하게 조사, 분석 해오고 있는 중이다.

안예모는 멀쩡한 조원 한 명을 환자로 만들어 입원시켜 놓고서, 자신과 다른 조원 한 명이 하루 종일 병실을 지키며 여기저기 기웃거리며 조사하고 있다.

현재까지 조사하고 분석한 결과에 의하면, 서울대양병원은 요계에게 장악된 것이 분명했다.

여러 조짐이나 정황들이 그것을 입증하고 있었다.

"후우……."

안예모는 담배 연기를 길게 내뿜었다.

답답했다.

요계가 이 병원을 장악했다는 심증은 가는데 정확한 증거를 잡을 수가 없다.

아니, 증거가 있다고 해도 어디에서부터 어떻게 손을 써야 할지 몰랐다.

'젠장, 다른 조에 지원 요청을 해야 하나?'

담배 맛이 썼다.

안예모는 범맹에서도 3위인 협당의 사조장이다.

이 병원 7층 입원실에 안예모를 비롯한 협사조 3명이 있지만, 병원 휴게실이나 곳곳에 나머지 12명이 병원에 대해서 조사를 하면서 안예모의 명령을 기다리고 있다.

원래 일개 조는 18명이 정원인데 전사가 모자라서 협사조는 총원 15명뿐이다.

철컹!

그때 비상구 철문이 왈칵 열리면서 병실에 있던 조원 한 명이 다급한 표정으로 외쳤다.

"조장! 병원의 요족들이 대거 움직이고 있습니다!"

"뭐야?"

너무 놀란 안예모는 조원이 악을 쓰듯이 소리를 지르고 있는 것을 나무라지 못했다.

"무슨 일인지 자세히 설명해라!"

"요족으로 보이는 자 수십 명이 본건물 위층으로 몰려 올라가고 있습니다!"

"위층 어디?"

"모르겠습니다!"

안예모는 복도로 달려 들어갔다.

"가자!"

"우리끼리만 갑니까?"

조원이 뒤따르면서 물었다.

"대기하고 있는 조원들 부르고, 협당 내에서 달려올 수 있는 조에 지원 요청 해라!"

세난으로 몰려가는 수십 명의 정장 사내들을 보면서 안예모는 안주머니에서 투반경(透返鏡)을 꺼내 썼다.

투반경은 삼맹이 공통으로 사용하는 특수 안경인데 그걸 쓰면 마족과 요족을 구별할 수가 있다.

"이런, 맙소사……."

안예모 입에서 신음 소리가 절로 흘러나왔다.

그의 양쪽에 있던 남녀 조원이 조급하게 물었다.

"왜 그럽니까?"

"전부 카카라음투와 탐바찌음투(Tambaazimto：무서운 남자), 우푸망들이다."

환자복을 그대로 입고 있는 여자 조원과 남자 조원의 안색이 해쓱해졌다.

요계 6위 카카라음투, 7위 탐바찌음투, 8위 우푸망이 수십 명이면 협사조 15명만으로는 절대로 역부족이다.

안예모가 신음처럼 중얼거렸다.

"안 되겠군. 용당(龍堂)에 지원 요청 해야겠어."

얏코가 제일 먼저 정신을 차렸다.

"저는 신군께서 바우만 정도는 간단하게 죽일 줄 알았어요."

바닥에 누워서 말하는 얏코를 보면서 강도는 씁쓸한 표정을 지었다.

"솔직히 그놈이 그런 해괴한 공격을 할 줄은 몰랐다."

"바우만이 공격하는 것은 레오누루(Leonuru:공포의 빛)에요. 현 세계의 인간들 책에는 에테르(Ether)라고 하더군요."

"에테르?"

"빛을 실어 나르는 우주 물질이라고 설명이 붙어 있더군요."

강도로선 생소한 말이다.

"제가 살던 외방계의 북쪽 사막에 '빛의 호수'가 있는데 그곳에서 레오누루를 습득한 자가 바우만이 되는 거예요."

강도는 덤덤하게 물었다.

"와다무에 바우만이 몇 명이냐?"

"약 천 명쯤 될 거예요."

강도는 생각했던 것보다 바우만이 너무 많아서 조금 어이없는 표정을 지었다.

"그럼 1위는 몇 명이냐?"

"1위 드빌(Dbill:초월자)은 7명이에요. 7개 대부족의 대족장들이죠."

강도는 바우만이 그 정도면 1위 드빌은 더욱 위력적일 거라고 생각했다.

『갓오브솔저』 3권에 계속…

초대형 24시 만화방

신간 100%, 샤워실, 흡연실, 수면실(침대석), 커플석, 세탁기 완비

■ 시흥 정왕25시점 ■

경기 시흥시 정왕동 1742-13 미스터피자 건물 5층
031) 319-5629

■ 강북 노원역점 ■

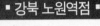
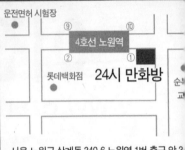

서울 노원구 상계동 340-6 노원역 1번 출구 앞 3
02) 951-8324 (화용빌딩 3층)

■ 일산 정발산역점 ■

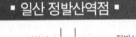
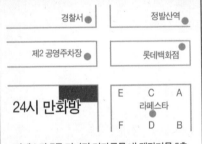

라페스타 E동 건너편 먹자골목 내 객잔건물 5층
031) 914-1957

■ 일산 화정역점 ■

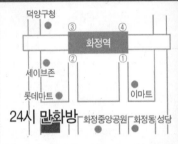

경기도 고양시 덕양구 화정동 984번지 서일빌딩
031) 979-4874 (서일사우나 건물 7층)

■ 부천 역곡역점 ■

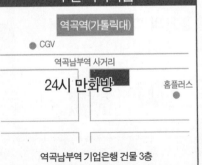

역곡남부역 기업은행 건물 3층
032) 665-5525

■ 부평역점 ■

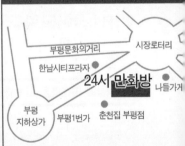

(구)진선미 예식장 뒤 한신포차 건물 10층
032) 522-2871

철순 장편소설

FUSION FANTASTIC STORY

괴물 포식자

지구 곳곳에 나타난 차원의 균열.
그것은 인류에게 종말을 고하는 신호탄이었다.

『괴물 포식자』

괴물을 먹어치우며 성장한 지구 최강의 사내, 신혁돈.
그는 자신의 힘을 두려워한 인류에 의해
인류의 배신자라는 낙인이 찍히고 죽게 되는데…

[잠식이 100%에 달했습니다.]
[히든 피스! 잠들어 있던 피닉스의 심장이 깨어납니다.]

불사의 괴물, 피닉스의 심장은
신혁돈을 15년 전으로 회귀하게 한다.

먹어라! 그리고 강해져라!
괴물 포식자 신혁돈의 전설이 시작된다!

Book Publishing CHUNGEORAM

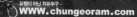
유행이 아닌 자유추구 -
WWW.chungeoram.com

시크릿 메즈
SECRET MEZ

─너는 10,000개의 특별한 뉴런을 더하게 되었어.
매직 뉴런, 불멸의 뉴런이지.

실험실 알바를 통해 만난 '6번 뇌'.
우연한 만남은 이강토를 신비의 세계로 이끈다.

『 시크릿 메즈 』

매직 뉴런을 탑재한 이강토의
정재계를 아우르는 좌충우돌 정의구현!
긴장하라, 당신이 누구든 운명은 이미 그의 손안에 있으니!

"무슨 꿍꿍이가 있는지, 어디 한번 봐볼까?"

Book Publishing CHUNGEORAM

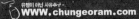

유행이 아닌 자유추구 ─
WWW.chungeoram.com

미러클
테이머

인기영 장편소설

FUSION FANTASTIC STORY

MIRACLE
TAMER

이계로 떨어져 최강, 최고의 테이머가 되었다.
그러나… 남은 것은 지독한 배신뿐.

배신의 끝에서 루아진은 고향, 지구로 되돌아오게 되는데…….
몬스터가 출몰하기 시작한 지구!
그리고 몬스터를 길들일 수 있는 테이머 루아진!
그 둘의 조합은……?

『미러클 테이머』

바야흐로 시작되는
테이머 루아진과 몬스터들의 알콩달콩한
대파괴의 서사시!!

Book Publishing CHUNGEORAM

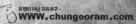

이모탈 퓨전 판타지 소설
FUSION FANTASTIC STORY

용병들의 대지
Road of Mercenaries

이 세계엔 3개의 성역이 존재한다.
기사들의 성역, 에퀘스.
마법사들의 성역, 바벨의 탑.
그리고… 그들의 끊임없는 견제 속에 탄생하지 못한

『용병들의 대지』

전쟁터의 가장 밑을 뒹굴던 하급 용병 아론은
이차원의 자신을 살해하고 최강을 노릴 힘을 가지게 된다.

그의 앞으로 찾아온 새로운 인생!
아론은 전설로만 전해지던
용병들의 대지를 실현시킬 수 있을 것인가!

Book Publishing CHUNGEORAM

뉴웨이브의 자유추구
WWW. chungeoram.com

GRAND SLAM

FUSION FANTASTIC STORY

자미소 장편소설

그랜드슬램

2016년의 대미를 장식할 최고의 스포츠 소설!!

Career record : 984W 26L
Career titles : 95
Highest ranking : No.1(387weeks)
Grand Slam Singles results : 23W
Paralympic medal record : Singles Gold(2012, 2016)

약 십 년여를 세계 최고로 군림한 천재 테니스 선수.
경기 내내 그의 몸을 지탱하고 있는 것은…… 휠체어였다.

『그랜드슬램』

휠체어 테니스계의 신, 이영석(32).
그는 정상의 자리에서도 끝없는 갈망에 사로잡혀 있었다.

"걷고 싶다, 뛰고 싶다. …날고 싶다!!"

뛸 수 없던 천재 테니스 선수
그에게, 날개가 달렸다!!!

Book Publishing CHUNGEORAM

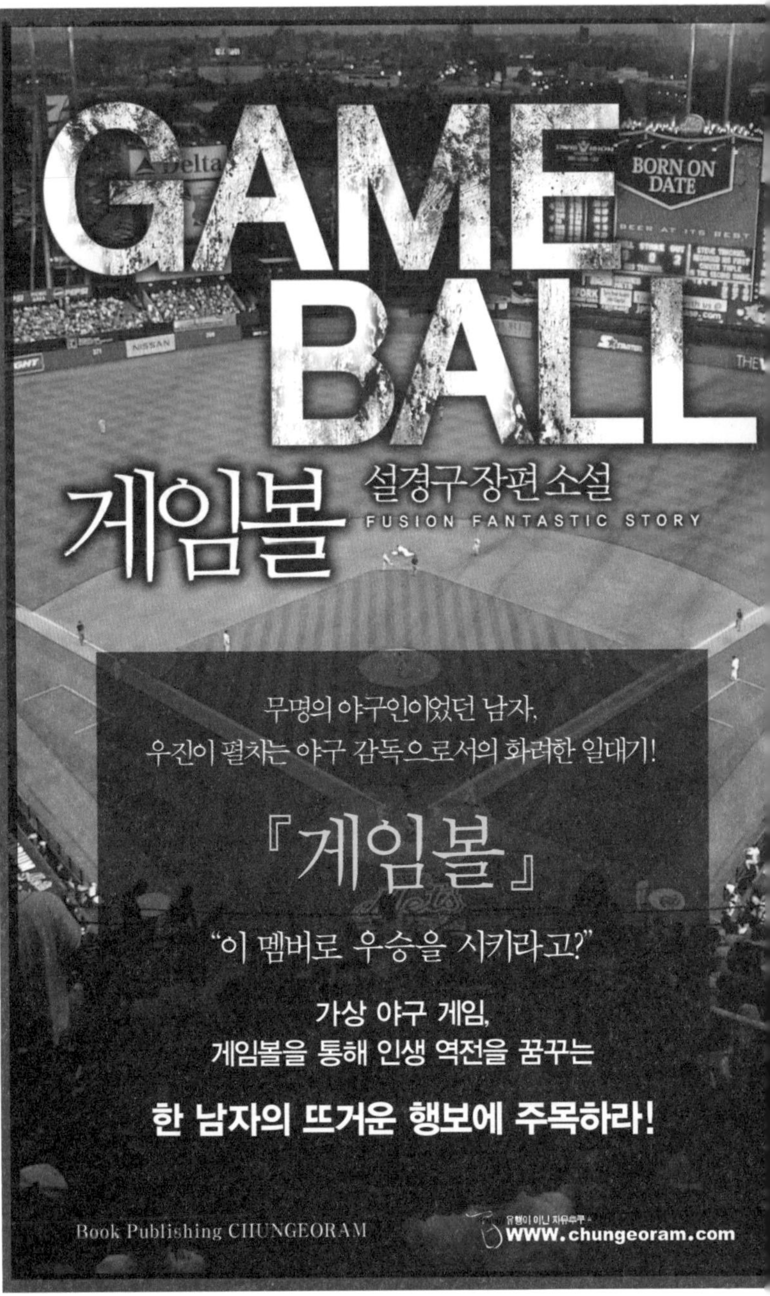
GAME
BALL
게임볼
설경구 장편 소설
FUSION FANTASTIC STORY
무명의 야구인이었던 남자,
우진이 펼치는 야구 감독으로서의 화려한 일대기!
『게임볼』
"이 멤버로 우승을 시키라고?"
가상 야구 게임,
게임볼을 통해 인생 역전을 꿈꾸는
한 남자의 뜨거운 행보에 주목하라!
Book Publishing CHUNGEORAM
WWW.chungeoram.com

투신 강태산

박선우 장편소설

FUSION FANTASTIC STORY

무림을 휩쓸던 '야차(夜叉)'가 돌아왔다.

『투신 강태산』

여행사 다니는 따뜻한 하숙생 오빠이자
국가위기 특수대응팀 '청룡'의 수장.
그리고 종합격투기계를 휩쓸어 버린 절대강자.
전 세계를 무대로 펼쳐지는 투신 강태산의 현대 종횡기!!

"나는, 나와 대한민국의 적을, 철저하게 부숴 버릴 것이다."

서러웠던 대한민국은 잊어라!
국민을 사랑하는 대통령과 절대강자 투신이 만들어 나가는
새로운 대한민국이 펼쳐진다!!

Book Publishing CHUNGEORAM

유행이 아닌 자유추구 -
WWW.chungeoram.com

FUSION
FANTASTIC
STORY

Miracle Direction

서산화 장편소설

기적의 연출

천재 영화감독, 스크린 속 세상을 창조하다!

『기적의 연출』

대문호 신명일과 미모로 손꼽히던 여배우 김희수의 아들 신지호.
일가족은 불운한 사고로 인해 크나큰 비극을 겪는다.
이 사고로 섬광 기억(Flashbulb memory)이라는 능력을 얻게 된 그 순간!
그의 모든 게 달라졌다.

"배우의 혼을 이끌어내고, 관중의 영혼을 붙잡아야 합니다.
그게 제 목표입니다."

완전한 감독을 꿈꾸는 신지호.
이제 그의 영화가, 세상을 홀린다!

Book Publishing CHUNGEORAM

유행이 아닌 자유추구 -
WWW.chungeoram.com